우리 농민이 만든
해학의 보물창고

우리 농민이 만든
해학의 보물창고

초판 1쇄 발행일 2002년 09월 04일
증보판   2018년 02월 12일

엮은이 이상득
펴낸이 양옥매
디자인 송다희 임흥순
교 정 조준경

펴낸곳 도서출판 책과나무
출판등록 제2012-000376
주소 서울특별시 마포구 방울내로 79 이노빌딩 302호
대표전화 02.372.1537 **팩스** 02.372.1538
이메일 booknamu2007@naver.com
홈페이지 www.booknamu.com
ISBN 979-11-5776-528-7(03810)

이 도서의 국립중앙도서관 출판시도서목록(CIP)은 서지정보유통지원 시스템
홈페이지(http://seoji.nl.go.kr)와 국가자료공동목록시스템
(http://www.nl.go.kr/kolisnet)에서 이용하실 수 있습니다.
(CIP제어번호 : CIP2018003492)

우리 농민이 만든 해학의 보물창고

이상득 엮음

책나무

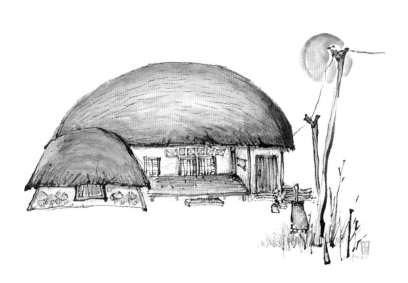

우리 농민이 만든
해학의 보물창고

우리 선조의 대부분은 농민이다.

도시화의 물결에 따라 농촌에는 노령 농민만이 남아

수천 년을 이어 온 한국적인 삶의 원형을 지켜 오고 있지만,

머지않아 저들마저 떠나면 우리 선조의 삶의 모습을

다시 볼 수 없어 그리움으로 남을 것이다.

그래서 저 농민들이 지금껏 살아오기까지의

가슴 시린 농심과 고달픈 일상의 농사를 해학으로 완화하여

신명을 돋우는 지혜들을 모아

"우리 선대(先代) 농업인이 살아온 마지막 모습"이라고

남겨 놓고 싶다.

존농尊農의식을
더욱 높이고자

기나긴 농경문화를 이어 온 우리나라 농민은 굴곡 심한 삶을 살아오면서 공동체의식을 높여 상부상조하면서 정(情), 바름, 나눔을 생명 같은 정신적 신조로 삼아 살아왔다. 자연에 순응하면서 저절로 몸에 밴 이 삶의 신조는 사람이 살아가기에 반드시 지켜야 할 귀중한 우리의 정신문화의 원형이라 하겠다.

사람 냄새나는 정은 어떻게 주고받으며 가슴 뭉클했는지, 흙에서 배운 바른 정신을 바탕으로 옷깃을 어떻게 여며 가며 향풍(鄉風)을 바로 잡아 살아왔는지, 더불어 살아온 공동체 유지에 따뜻한 나눔의 희생은 어떻게 승화했는지 그 살아온 궤적을 들여다볼 때 그의 무대에 녹아 흐르는 애환이나 해학은 작은 보석 같은 가르침으로 가슴 후비는 감동을 주어 사람의 근본의 참 모습을 확인하는 장이라 하겠다.

그러나 이렇게 살아온 농경사회가 산업사회를 거치면서 우리나라 영농사상 처음 겪어 보는 엄청난 패러다임의 전환기를 지금 맞고 있다. 70~80%가 넘나들던 농촌인구가 5% 수준까지 떨어져 마을은 공동화되어 농촌 몰락이 진행되더니, 2003년부터 불기 시작한 귀농·귀촌인구의 유입이 활발하여 2020년이면 100만 명으로 늘어나 고령화와

인구 감소로 활기를 잃어 가던 농촌이 부활의 기지개를 펴 가게 될 것으로 전망하고 있다.

이에 일부 신(新)농민으로 불리는 이들은 대부분 농업을 전공하지 않은 젊은이들로 4차 산업 혁명기술로 농업 창업을 시도해 성공을 거두는 등 지능정보기술이 북적이면서 생동감 넘치는 새로운 변화의 바람이 불고 있다.

그래서 아직은 노령 농민들이 농촌을 이끌고 가겠지만, 머지않아 학력 높은 젊은 신농민들이 영농 교체 인력으로 등장할 것으로 내다본다. 이와 같이 영농환경의 활발한 변화와 더불어 개방적인 이들 신농민에 의해 오랜 세월 몸에 밴 우리의 전통문화가 밀려나지는 않을까 하는 우려를 자아내게 한다. 그 이유는 새로운 세대는 자기 세대에 맞는 문화를 만들어 내기 때문이다.

전통문화의 가치는 우리의 정체성을 나타낸다. 전통이 사라진다는 것은 우리 역사가 사라진다는 말이다. 그래서 이를 지키기 위해 현재 남아 있는 선대농업인의 영농사요, 생활사 속에 오랜 세월 슬기롭게 다듬어져 있는 애환과 해학들을 역사적 유훈 같은 가르침으로 삼아 기록해서 이 시대의 역사의 한 부분으로 남겨야 했다.

한편 이 기록을 읽으면서 간절하게 확인된 것은 "농민이란 인격체"의 의미라는 점이다. 이들은 우리가 살아가는 데 천금 같은 정신적인 가르침을 주면서 죽도록 농사지어 우리의 생명재를 공급하는 주역인데도 대우는 고사하고 오히려 천대만 받아 온 유일한 천농천민사(賤農賤民史)였다.

그러므로 이제는 그 역할에 상응한 존경을 받는 농업 농민이 되어야 했기에 "우리 모두 존농(尊農)의식을 높이자"는 데 도움이 되었으면 하는 바람이다. 우리들의 조상은 대부분 농민이다. 그들이 살아온 농향(農鄉)은 인정이 넘쳐나는 따뜻하고 평화로운 공간이다. 그 속에 그들의 음덕을 받아 살아가는 존재가 바로 오늘의 우리들이 아닌가. 그렇게 살아왔기에 그들을 존경하는 것이 조상에 대한 예의가 아닐까 싶어 헤아려 보았다.

2002년에 출판하고 난 뒤 자료제공자의 보급 요청이 있었으나 숙제로 남아 있었고, 초판 이후 15년이 지난 지금 농촌사회는 지능정보기술의 확대 보급과 귀촌 · 귀농의 영향으로 전례가 없는 새로운 농촌 환경이 조성되어 우리 문화의 원형 유지에 적지 않은 갈등이 따를 것이며, 그로 인해 새로운 농촌의 모습이 갖추어지기까지는 크고 삭은 신통이 따를 것으로 보고 우리 모두 함께 관심을 기울여야 할 필요성이 절실하다는 생각 아래 이에 도움이 되고자 초판과 그 후 틈틈이 모은 자료를 모아 증보 출판하기로 하였다.

끝으로, 이 자료 수집에 적극적으로 도움을 주신 이찬우, 최정수 씨에게 고마움을 전하며 아울러 출판사 책과나무 양옥매 사장의 협조에 감사의 인사를 드린다.

– 2017년 12월
내동 일우에서 이상득 엮음

우리는 원래 농경사회에 맞는 고유한 습속(習俗)을 수천년을 이어오면서 살아왔다. 그래서 우리 생활문화의 터전은 농촌이요, 그 주체는 농민이었다.

평생 자연에 순응하면서 농사를 지으며 배운 정직성을 몸에 익히고, 근면으로 다져진 성격에다가 항상 웃는 얼굴을 명함 삼아 이웃과 마음 시린 나눔으로 공동운명체를 이루며 살아왔다.

여기에는 사람 냄새나는 농심(農心)을 바탕에 두었으므로 우리 모두가 여기에 등을 대고 오랜 세월을 살아온 삶의 원향(原鄉)이라 하겠다.

그러나 욕심 없는 유순한 심성을 갖은 그들은 사회적, 경제적 지배계급(支配階級)으로부터 끊임없는 착취와 멸시를 받아가며 살아왔기에 그에 대한 잊을 수 없는 각질(角質)의 분노와 회한이 서려 내린 수천년의 앙금은 우리의 서민문학의 원천으로 승화 발전되었으며 그들의 농사짓는 의식(儀式)과 관습(慣習) 또한 우리 민속문화의 기반이기도 하다.

이 모두 농업과 농민이 이루어 놓은 값진 우리들의 전통적 문화유산으로써 소중하게 간직하여야 할 정서문화재(情緒文化財)들이다.

혹자는 "한국문화의 과거는 물론 현재의 그것도 농업, 농민을 떠나서는 생각할 수 없다"고도 한다. 그러던 것이 20세기 후반들어 도시화가 진행되면서부터 우리사회는 산업화를 거쳐 정보화의 시대에 살게 되었는데 그 기간이라야 불과 30~40년 안팎인데도 사회적 변혁은 사상 유례가 없는 격변이었다.

그 결과 살기 좋아졌다는 도시사회가 이제는 인간성의 상실을 개탄하는 소리가 날로 높아가고 있는 한편 농촌은 공동(空洞)으로 변해버려 노령 농민들만이 남아 농촌이라는 명맥을 이어오고 있는 것이 오늘의 현실이다.

그런데 이들 노령농민들은 한국적인 삶의 원형을 이어온 살아 있는 전설 같은 농인(農人)들이다. 그래서 어느날 그들마저 떠난다면 우리 본래의 삶의 자태는 영원히 다시 볼 수 없을 것이다. 그래서 우리는 오늘의 서들의 삶을 "한국인의 마지막 보습"이라고 생각해 본다 .

 엣것이 살아진다는 것은 그리움으로 남는다. 그래서 저 농민들의 삶의 철학과 정서등을 단편만이라도 기록하여 "우리 선대(先代)농업인이 살아온 마지막 모습"이라고 남겨놓고 싶었다.

그래서 이들이 이러한 정서문화와 참된 삶의 정신을 지키면서 이 모진 고난의 세월을 이겨내기에 무슨 생각을 하고, 그 허리 휘는 고통과 쓴내 나는 농사의 피로를 풀고자 어떠한 웃음으로 완화하고 극복하였는지, 또는 빈곤의 미학을 어떤 모습으로 품위를 지키면서 멋과 교훈을 주었는지를 알아보는 것도 의미 있는 일이라 생각되었다.

이에 전국의 농민을 대상으로 자료수집을 하기로 하고 1993년부터 3년에 걸쳐 전국 각도의 국립농산물검사소지소장에 의뢰하여 농민과

가장 가까운 거리에서 자주 만나는 전 직원을 농민에 접근시켜 지금까지 살아오면서 기억에 남을 만한 ① 기행(奇行), 기담(奇談), ② 배 곱잡고 웃던 이야기 ③ 가슴 찐하게 느꼈던 사례 ④ 농심을 보여 주는 선행사례등을 수집하도록 하여 3차에 걸쳐 624건을 수집하였다. 이를 우선 145건을 골라 이 자그마한 책자로 엮어 보았다.

이 땅 어디에선가 여전히 맑고 고운 마음을 지닌 채 살아가는 사람들이 남아 있다는 사실을 알게 된다는 것은 그래도 뜻 있게 받아 드릴 위안이 될 뿐더러 때로는 읽는 이의 뒤통수를 치고 가슴을 날카롭게 후비기도 하며 웃음을 터뜨리게 하다가는 가슴을 촉촉하게 적시기도 할 것이다.

끝으로 이 자료수집에 협조하여 주신 당시의 각도 지소장과 이에 직접 참여하여 주신 농민, 그리고 검사공무원 여러분에게 깊은 감사의 말씀을 드린다. 한편 이 책자가 나오기까지 뜨거운 격려와 지도를 아끼지 않았던 박경순 선생님과 출판사 신현진 사장님에게 진심으로 고마운 뜻을 올린다.

– 2002년 5월

중리일우中里一隅에서 이상득李相得

셋째 마당 요절복통할 망발, 실수 열전列傳

넷째 마당 생활재를 통한 개그로 삶의 활력을 찾아

다섯째 마당 송곳 같은 지혜가 만들어 내는 익살

여섯째 마당 가슴 시린 농촌의 삶에 얽힌 이런저런 이야기

열째 마당 농민의 노래

첫째 마당

웃음보 터지는
사랑방의 소극笑劇

농촌에서 사랑방은 가까운 이웃끼리 잘 지내고 있는 비슷한 나이 또래의
농부들이 농사일이 그다지 바쁘지 않은 계절에 모여 잡담이나 고담소설 읽기,
새끼 꼬기 등의 간단한 일을 하며 즐거움을 나누는 농촌의 비공식적인 모임 장소다.
부락공동사업에 관한 의사결정을 비롯하여 새로운 정보의 교환,
품앗이 등 영농에 관한 의견을 교환하기도 한다.
여기에서는 농민들이 가장 편한 마음으로 웃음거리를 만들어 피로를 푸는 등
농부들만이 즐기는 사랑방 문화가 펼쳐진다.

1.
알몸으로 협공당한
참외 서리

* 창녕지방

80세의 노인이 소싯적에 동네 친구들과 어울려서 참외 서리[1]한 이야기를 곁에 앉은 노인에게 들려주면서 지난날을 회상한다.

"한번은 친구 5명과 참외 서리를 하러 갔는데, 나는 망을 보는 일을 맡았어. 그 당시는 흰옷을 입고 있어서 모두 다 옷을 홀랑 벗고 온몸에 숯을 까맣게 바르고서 낮에 보아 두었던 참외밭에 밤 10시경에 도착했네.

나는 망을 보고 다른 친구들은 참외밭에 들어가 열심히 참외를 따고

---

1 서리 : 농촌에서 떼를 지어 남의 물건(주로 농작물이나 닭, 돼지새끼 등과 같은 동물)을 훔쳐 먹는 일종의 장난으로, 도둑과는 근본적으로 다르다. 서리는 주인에게 큰 피해를 주지 않는 범위 안에서 해야 한다는 불문율이 있다. 따라서 서리한 물건은 오래 두고 먹거나 배를 채우는 큰 목적이 아닌, 그저 요기나 할 정도의 애교에 지나지 않은 범위 내에서 이루어진다. 서리의 종류를 크게 풀 서리, 살 서리로 나누는데, 풀 서리는 남의 밭 콩을 베어다가 쇠죽솥에 삶아 먹는다거나 오이 밭에 몰래 들어가 훔쳐 오는 식물성 서리를 말하고, 살 서리는 야밤에 닭장을 더듬는 닭서리와 같은 동물성 서리를 말한다. 닭서리는 농촌에서 긴긴 겨울 사랑방에서 모여 새끼를 꼬거나 놀음을 하다가 자정이 지나 속이 출출해지면 그중 한두 사람이 허술한 집 닭장에 들어가 닭을 잡아 와 볶아 먹는다. 그런데 이때, 주인 되는 그 집주인도 자기 집 닭인 줄도 모르고 한몫 끼는 수도 있다. 이 서리는 농촌 사람들의 인심을 말해 주는 호혜도둑질이다. 그러나 요즈음 세태는 엄두도 못 낼 절도범으로 간주되어 법정에 오르내린다.

있는데, 참외밭 주인이 느닷없이 나타나지 않겠나. 주인이 오면 돌을 던져서 신호를 하기로 사전에 약속했기 때문에 계속 돌을 던져도 친구들은 참외를 따는 데만 정신이 팔려서 듣질 못하는 거야.

나는 주인이 자꾸 가까이 다가와서 할 수 없이 '주인 온다!'라고 큰소리치며 반대 방향으로 달아나는데, 그쪽에서 오는 사람에게 그만 붙잡히고 말았어. 알고 보니 앞에서 온 사람은 참외밭 안주인이고, 반대쪽에서 온 사람은 남편인 거야.

다른 친구들은 모두 도망치고 나 혼자 원두막으로 잡혀 갔는데 홀랑 벗고 무릎을 꿇은 채 혼난 것을 생각하면 어찌나 창피했던지 쥐구멍이라도 들어가고 싶은 심정이었다니까. 지금은 그리운 추억의 한 토막이지만……."

2.
알몸 참외 서리

* 금산지방–2017

아침을 먹고 점심을 걱정하던 시절이 있었다. 동네에서 한두 집을 제외하고는 모두 가난했던 시절, 요즘처럼 먹을거리가 풍부하지 않아 산이고 들이고 다니다가 풀이고 나무를 가리지 않고 먹을 만한 것이 눈에 띄면 생각 없이 그것을 먹었다.

1957년 여름, 형님 친구분들이 참외 서리를 하자고 제의해 왔다. 어린 나이에 재미가 있을 것 같아서 동행하기로 하였다. 달밤에 흰 옷은 원두막 주인의 눈에 잘 보이니, 아예 옷을 벗고 알몸으로 참외 서리를 하기로 하고 적당한 자리에 옷을 벗어 놓고 출격하였다.

다행이 들키지 않고 참외를 따 가슴에 안고 언덕 어둑한 곳을 찾아가 자리를 잡고 참외 입맛을 다시고 있는 찰나, 형님들이 고함을 지른다.

"주인 왔다! 뛰어라!"

너무나도 놀라 다급한 마음에 옷도 챙기지 못한 채 알몸으로 달아났다. 뛰다 보니 다 큰 사람이 이 밤중에 꼴이 창피스럽기도 하고 숨이

차 더 이상 달아날 수가 없었다.

막다른 골목에서 쫓기니 오히려 '도둑이 매 든다'고 대항하고 싶은 생각이 들었다. 그래서 우두커니 서서 주인을 응시하였다. 이를 본 주인이, "그래, 이번만은 용서한다. 다시는 우리 참외밭에 얼씬도 말아다오." 한다. 참외도 먹지 못하고 숨 막히는 뜀박질만 하였다고 생각하니 허탈해서 한바탕 웃음으로 허기를 달랬다.

참외서리를 당한 주인은 얼마나 억울하고 답답하겠는가? 하지만 '오죽 배가 고프면 참외를 서리하겠는가.' 하는 생각에 서리꾼들을 용서하는 농심을 엿볼 수 있다.

3.
오줌 세례

* 밀양지방

정자나무 그늘에서 칠순이 가까운 노인 7~8명이 앉아 쉬면서 지난날 소싯적에 이웃 동네 뇌산 마을에서 닭서리를 하다가 오줌 세례를 받은 이야기를 하며 박장대소하였다.

어느 해 겨울, 그들이 20세쯤 된 소싯적에 사랑방에 둘러앉아 짚일을 하는데, 동지섣달의 밤은 길고도 길었다.

"배도 출출하니 닭서리하자."

누군가의 제의에 두 사람이 인근 뇌산 마을의 외딴 집에 닭서리를 하러 갔다. 그 당시 닭서리는 젊은이들의 장난으로 곱게 봐주던 인심 좋은 시절이었기 때문에 두 사람은 별로 죄책감을 느끼지 않았다.

한 사람은 싸리문에서 망을 보고, 한 사람은 싸리문 안으로 들어갔다. 닭장 문을 여니 닭이 여남은 마리나 되어 그중에서 통통한 닭 두 마리를 잡아 가지고 나오려는데, 닭이 푸드득거리는 소리를 듣고 놀라 방 안에서 고함 소리가 울렸다.

"누구냐?"

먼저 나이 많은 영감이 나오고 뒤따라 할멈이 나왔다. 망을 보던 한 사람이 놀라서 먼저 달아나자, 영감은 그놈이 닭을 잡아 가는 줄 알고 싸리문을 밀치고 급히 뒤쫓아 갔다.

그 사이에 닭장에 있던 한 사람은 싸리문 밖으로 못 나가고 닭장 뒤에 숨어서 집 뒤를 돌아 도망을 가려고 했는데, 집 뒤에는 탱자나무 울타리가 있어 도망갈 길이 없었다.

마침 영감을 뒤따라갔던 할멈이 욕설을 하면서 집 뒤로 오고 있었다. 급히 숨을 곳을 찾아보니 발치에서 오줌독의 뚜껑이 발에 걸렸다. 오줌이 겨울에 얼지 않도록 오줌독을 땅에 묻고 뚜껑을 땅 표면과 같이 만들어 덮어 놓았기 때문에 발을 잘못 디디면 빠지기 십상이었다.

그는 다급해서 뚜껑을 열어 보니 오줌이 바닥에 조금밖에 없어서 그 속에 들어가 뚜껑을 닫고 숨었다. 그런데 할멈이 욕설을 하면서 다가오는가 싶더니, 오줌독 뚜껑을 발로 반쯤 여는 것이 아닌가!

'이제는 꼼짝없이 잡혔구나!'

숨을 죽이고 위를 쳐다보는데, 할멈이 그대로 앉아 오줌을 싼다. 마치 소나기처럼 "좍, 좍" 쏟아지는 오줌을 머리, 얼굴 할 것 없이 온몸에 온통 세례를 받으면서도 옴짝달싹 못하였다. 오줌을 어찌나 오래 싸는지, 그 덕에 오줌독에 빠진 쥐새끼 꼴이 되었다.

망을 보다가 도망친 사람은 나중에 그의 오줌을 둘러쓴 이야기를 듣고는 배꼽을 잡고 웃으며 한마디 농을 하였다.

"좋은 구경 오랫동안 해서 기분 좋았겠네."

4.
실수失手

* 금산지방—2017

실수는 누구나 할 수 있는 법. 그래서 한번 실수는 병가상사(兵家常事)라고 하면서 위로한다. 그러나 우연찮게 일어난 실수를 평생 잊지 못해 아찔하고 낯이 화끈거리는 경우도 있다.

1960년대 농촌에는 화장실 시실이 낙후되어 이만저만 불편한 게 아니었다. 당시 농촌에서는 일반적으로 저택 한구석에 저장식 화장실을 자그마하게 지어 활용하는 실정이었다.

어느 날 밤, 세 들어 사는 친구네 집에 놀러 갔다. 이야기를 주고받으면서 즐거운 시간을 보내고 있는 즈음, 소피를 봐야 해서 친구에게 화장실을 물었더니, 밖에 나가 돌아가면 있다고 한다.

급한 마음에 전등도 없이 나섰다. 칠흑 같은 밤이라 눈앞을 가리지 못해 더듬더듬 조심스럽게 움직여 문고리를 잡아 문을 열고 들어가 지레짐작으로 화장실로 알고 참았던 소피를 봤다.

그런데 이게 웬일인가! 머리카락이 쭈뼛거리며 솟구친다. 갑자기 어린애 우는 소리가 황급하다.

"엄마, 옆방 아저씨가 내 얼굴에 오줌을 쌌어!"

화장실이 아닌 셋방이었음을 짐작하고 허겁지겁 친구 방으로 들어갔다.

이윽고 물을 데워 목욕시키는 소리가 들려온다. 미안하고 처신하기가 가늠이 서지 않는다. 무슨 큰 죄라도 짊어진 죄인이 되어, "이게 무슨 실수냐?"하고 집에 돌아오면서 생각해 보니, 망신스럽기도 하고 한편 너무 황당해서 우습기도 했다.

악의 없는 실수이기에 진심 어린 마음으로 용서를 구하고 미안해한다면 탓할 수 없는 일이 아닌가.

5.
수박마다
말뚝 박아

* 진영지방

지난날 농촌에서는 먹거리가 귀하여 춘궁기에 양식이 떨어져 시래기 죽[2], 보리개떡[3]으로 소위 보릿고개를 넘긴 사람이 대다수였다. 그래서 배고픔을 참지 못해 짓궂은 친구들끼리 작당하여 '서리'라는 것을 간혹 한다.

하루는 동네 친구들과 어울려 이웃집 구두쇠 영감의 수박밭에 서리를 하기로 하고 수박밭으로 나 갔다. 수박만을 서리했으면 큰 사건이 일어나지 않았을 것이나, 구두쇠 영감의 심보를 고치겠다고 손에 잡히는 수박마다 말뚝을 박아 놓고 왔다.

다음 날, 동네가 왈칵 뒤집힐 정도로 소동이 벌어졌다. 짓궂게 놀던 아이들 집집마다 구두쇠 영감이 찾아와 수박 값을 물어내라고 야단이다. 그러나 수박에 말뚝을 박은 것을 목격한 사람이 없으므로 지서경

---

2 시래기 죽 : 곡식에 말린 무 잎이나 배추 잎을 넣어 푹 끓여 홀홀 마시도록 만든 음식
3 보리개떡 : 거친 보리 싸라기나 보리의 기울로 반죽하여 찐 개떡

찰관이 나와 조사를 해 봐도 밝히지 못하고 그대로 넘어가고 말았다.

그러나 이런 일이 있은 뒤부터 오히려 구두쇠 영감은 자기가 너무 인색하여 동네에서 인심을 잃고 있음을 깨닫고 그간의 행동을 후회하여 동네일에 앞장서게 되었다.

이웃 간에 서로 돕고 인심이 후하였던 지난날의 우리 농촌의 한 단면을 보여 주는 낭만이 흘러넘치는 기행이라 고 할 것이다.

6.
찹쌀 한 되
밥 먹어

*경산지방

어느 날, 김 노인이 이웃집 사랑방에 마실을 가니 여러 사람들이 모여 앉아서 이야기를 나누고 있었다. '누가 찹쌀 한 되로 밥을 지으면 모두 먹을 수 있나?' 하는 내기였다.

"먹을 수 있다."

"그걸 어떻게 먹을 수 있나?"하고 한참 실랑이가 벌어지고 있었다. 가만히 듣고 있던 김 노인은 충분히 먹을 수 있을 것 같았다.

살며시 방을 빠져나온 김 노인은 단숨에 집으로 달려가서 부인에게 시험 삼아 먹어 볼 요량으로 찹쌀 한 되로 밥을 지어 달라고 한 후, 그 밥을 다 먹어 치웠다. 그리고 내기하는 사랑방으로 찾아가서 내기를 걸었다.

"내가 먹겠다."라고 말하는 자세가 당당하다.

이윽고 찹쌀 한 되 밥이 나오자 반 정도를 열심히 먹다가 남은 양은 꾸역꾸역 목구멍에 넘기는가 싶더니, 이내 숟가락을 놓고 말았다.

"집에서는 다 묵고 왔는데 여기서는 와이카노?"

그러고는 스스로 작은 목소리로 중얼거렸다.

"미련한 놈……."

7.
밀가루 음식 끈기가
없다카더니?

*경산지방

김 노인이 동네 사랑방에 마실을 가서 보니, 여러 사람이 모여 앉아서 "국수 일곱 근(당시 14인분 정도)을 삶아 먹을 수 있나? 없나?" 하고 왈 가왈부하였다.

그는 전에도 5뭉치를 먹어 치운 경험이 있는지라 자신이 있어서 옆 사람에게 내기를 걸었다.

"그것 내가 묵을게."

이윽고 삶은 국수 일곱 근을 담은 소쿠리가 들어왔다.

"버지기⁴를 가져오너라."

그는 소쿠리 국수를 한 바가지에 넣어 약간의 멸치 다시다 물과 간장으로 간을 맞춘 다음 열심히 먹었다. 다 먹고 나니 배가 앞산만 하여 체중을 가눌 수가 없게 되었다. 그래도 그는 끝까지 체면을 지키려고 하였다.

---

4 버지기 : 물을 길러 이고 나르는 데 사용하는 용기

"내가 먼저 집에 간다."

가까스로 일어서서 방문을 나오다가 그만 문지방에 걸려 넘어졌다.

그는 다시 버둥거리며 일어나면서 중얼거렸다.

"밀가루 음식 끈기가 없다카더니 참말로 그러네."

8.
보쌈[5]

거창지방

어느 면에 두 부락이 있었는데 한 부락에는 강모라는 목수 노릇 하는 홀아비가 살고 있었고, 건넛마을에는 30세 전후의 과부가 어린 아들 하나를 데리고 냇가에 따로 떨어진 초가에서 살고 있었다.

그 여자는 4~5년 전에 남편을 여의고 호구시책으로 겨우 품팔이로 연명하며 지내고 있었다. 불행히도 유행병으로 그의 아들마저 잃어버리고 말았는데, 강모는 이것을 기회로 어느 날 밤 동료 수명과 함께 서로 의논하여 과부를 포대에 넣어 업어 왔다. 이리해서 그들은 부부가

---

5 보쌈 : 처녀 액땜을 위하여 밤에 외간 남자를 보(褓)에 싸서 잡아다가 강제로 동침시키든가 또는 남편을 둘 이상 섬겨야 할 팔자의 딸을 위하여 조선시대 양반 집에서 행하던 것으로서 잡혀 온 남자는 함구령이 내려진 채 방면되거나, 때로는 죽음도 당한다. 보쌈은 이와 같이 처녀를 위한 것을 말하지만, 조선시대 하류층의 수절과부가 노총각이나 홀아비를 같은 방식으로 납치하여 오는 일도 보쌈이라 하였다. 보로 싸매고 온다 하여 보쌈질이라 하는데, 이는 다르게 표현하면 일종의 약탈혼이다. 이러한 풍습은 20세기 초까지도 이어져, 과부 보쌈은 흔히 있었던 일이기도 하다. 이럴 때에 가끔 가족과 난투극이 벌어지기도 하지만 법적인 문제로 비화되지는 않는다. 또 하나의 이유는 노총각이 죽어서 몽달귀신이 되거나 과부가 죽어 원귀(寃鬼)가 되면 가뭄이 자주 들게 된다는 믿음이나, 노총각이 많으면 민심이 흉흉해진다고 하여 어느 정도는 관에서 묵인하였다.

된 것이다.

가난한 홀아비로서는 이 이상 간단하고도 돈 안 드는 결혼 형식은 없다. 중매, 납폐, 결혼연을 비롯한 기타 일체의 의례와 비용 전부가 생략되는 까닭이다. 사내는 약간의 술값과 여자의 의복 한 벌 값만 있으면 아내를 얻을 수 있는 것이다.

이 때문에 마을에 가난한 홀아비가 있을 때, 촌민들은 그를 위하여 이웃 마을에서 과부를 물색하고 이런 형식으로 두 사람을 결혼시키는 일을 그리 이상한 것으로 생각하지 아니하였으며, 오히려 당연한 것으로 생각하였다.

사내는 반드시 홀아비란 법은 없고, 때로는 가난한 노총각이나 처자가 있으면서도 첩으로 탐내어 그런 짓을 하는 자도 있었다. 약탈된 과부 중에는 죽음으로써 저항하는 일도 있으나, 혹자는 그렇게 됨을 은근히 바라서 순종하는 수도 있고, 남자 집에 가서 자살하는 여자도 있었다.

약탈 방법은 과부를 포대에 집어넣고 입에 버선 짝을 틀어막고 한 사람이 이것을 들어 업는데, 이때 등과 등이 맞닿도록 업는다. 과부의 폭행을 막기 위해서다. 여기에도 일종의 엄격한 규율이 있다. 그것은 과부의 몸이 집안에 있을 때는 가족이나 친척들이 항쟁할 수 있으나, 발 하나라도 대문 밖에 나오면 근친이라도 도로 뺏을 수 없다는 것이다.

둘째 마당

숙맥 같지만
그 농심農心은 천심天心이지!

믿는 것이라곤 오로지 마음 바르고 "부지런하면,
굶는 법 없으리라"는 조상의 가르침을 마음의 뼈에 새겨 살아온 사람들의 심성,
그 마음이 곧 농심이다.
어수룩하지만 사람됨의 근본을 벗어난 적이 없는
순진무구한 천심(天心)을 헤아린다.

1.
그 심상心想,
천심天心이지!

* 남해지방

시장의 작은 모퉁이에서 할머니 한 분이 여러 가지 채소를 팔고 있었다. 마침 아주머니 한 분이 봄 냄새가 물씬 나는 쑥과 시금치와 상추를 골랐다. 그리고 각각 1,000원씩 쳐서 값을 치르는데, 상추 값은 1,000원이 아니라 800원이라며 200원을 거슬러 주었다.

분명 상추는 양도 많았고 품질도 신선하였다. 그런데 왜 할머니는 200원을 거슬러 주는 것일까?

"실은 그 상추를 1,000원에 팔고 싶은 생각도 있었지만 양심상 그럴 수는 없다우. 다른 채소보다 싸게 사 왔거든……."

2.
만 원엔
못 팔아요!

* 함양지방

김 씨 노인 부부는 두메산골에서 수수, 감자, 옥수수, 콩 등을 재배하고 흑염소도 기르며 살았다.

가을의 어느 날, 그동안 수확한 감자며 옥수수, 들깨를 비롯하여 틈틈이 만든 수수비와 여름에 난 새끼 염소를 팔려고 시장에 나갔다. 할아버지는 새끼 염소를 일찍 팔아서 집으로 돌아가고, 할머니는 곡식과 수수비를 팔았다.

한나절이 지나자, 가지고 나온 곡식은 모두 팔리고 마지막 남은 것은 수수비 세 자루였다. 마침 서울에서 고향에 내려온 한 아주머니가 승용차를 세우고 수수비를 사려고 가격을 물었다.

"한 자루에 얼마 합니까?"

"한 자루에 3,000원인데 다 팔고 세 자루밖에 없으니 2,500원씩 사가시오."

그러자 아주머니는 산골에 계신 할머니를 조금이라도 돕고 싶었다.

"만 원을 드릴 터이니 세 자루를 다 주시오."

그런데 할머니는 아주머니의 말이 잘 이해되지 않았다. 오로지 한 자루에 2,500원을 받는 것만 생각하였다.

"그렇게는 못 팔아요."

할아버지는 수수비를 집으로 가지고 돌아온 할머니에게 말하였다.

"할멈, 수수비가 다 안 팔렸는가 보구려."

"이 세 자루는 살 사람이 있었는데, 값을 너무 적게 주려고 해서 팔지 않았어요."

"얼마를 준다고 합디까?"

"나는 한 자루에 2,500원을 불렀는데 살 사람은 세 자루에 1만 원을 준다고 하기에 너무 싸게 파는 것 같아서 팔지 않았어요."

할아버지도 할머니의 말에 동의하였다.

"잘했소. 내가 수수비를 만드느라고 얼마나 고생을 했는데……."

3.
물꼬 싸움 져 주고도
이긴 농심

* 합천지방

합천군의 어느 산골 마을 사람들은 대부분이 천성이 순박하고 정직하여 남의 물건을 탐내는 일 없이 화목하게 살았다. 그런데 몇 해 전에 이웃 마을에서 이사 온 김 씨는 욕심이 많고 남과 다투기를 잘하여 동네에서는 골치 아픈 존재였다.

어느 해 가뭄으로 논바닥이 마르고 있었는데, 김 씨는 자기 논에 물을 대려고 노력은 하지 않고 이웃 박 씨 논에 고여 있는 물을 마음대로 빼 갔다. 어질고 착한 박 씨는 김 씨를 점잖게 타일렀다.

"왜 내 논에 고여 있는 물을 허락도 없이 빼 가는 것입니까?"

박 씨의 말에 순순히 응할 김 씨가 아니었다.

"이웃 간에 논물을 나누어 쓰는 것 가지고 야박하게 야단도 하오."

2~3일 동안에 물을 빼 가고, 물을 빼 오는 과정이 여러 번 거듭되었다. 서로 한 치도 양보할 수 없었다.

마음 약한 박 씨는 불안한 나머지 잠을 이루지 못하는 날이 계속되었다. 이웃 간에 날마다 싸울 수도 없어서 좋은 해결책은 없을까 궁리

하였다. 그리고 어느 날 새벽, 논에 나가 자기 논의 물을 자기 손으로 김 씨의 논에 빼어 주고 나니 마음이 후련해져서 오랜만에 단잠을 잘 수 있었다.

그런데 그날 아침, 박 씨의 논에는 물이 없고 반대로 김 씨의 논에 물이 많이 들어 있는 것을 본 동네 사람들이 김 씨를 찾아가서 야단을 쳤다.

"사람의 탈을 쓰고 그럴 수가 있나?"

"그렇게 욕심을 내려거든 우리 동네에서 떠나게."

김 씨는 동네 사람들의 말에 묵묵부답이었다. 그리고 이후 자기 논에 박 씨가 물을 대어 준 것을 알고 나서는 다시는 그런 짓을 하지 않았다.

4.
골통 영감 길들이기

* 밀양지방

법수면에 지독한 노랑이며 성격이 괴팍해서 '골통 영감'이라는 별명을 가진 노인이 살았는데, 혼자 된 며느리와 머슴 한 사람이 식구의 전부였다.

머슴을 두고 농사를 지을 정도로 살림이 넉넉한데도 영감이 끼니마다 밥쌀을 내주어서 며느리와 머슴은 밥 한 번 배불리 먹지 못하였다. 그래서 머슴은 영감의 노랑이짓을 고쳐 주기로 마음먹고 호시탐탐 기회만 노리고 있었다.

모내기가 끝나면 머슴이 품앗이를 하여 돌아가면서 논을 매었는데, 이번에는 골통 영감의 논을 맬 차례가 되었다.

아침 일찍부터 머슴 8명이 논에서 김을 매고 있는데, 며느리가 아침밥을 머리에 이고 나왔다. 새벽부터 일해서 배가 잔뜩 고픈 머슴들은 며느리가 가지고 온 밥을 다 먹어도 배가 차지 않았다. 골통 영감 집 머슴은 이때를 놓치지 않았다.

"아주머니, 밥이 모자라니 집에 남은 밥이 있으면 더 갖다 주시오."

집에는 남은 밥이 없었다. 며느리는 시아버지에게 자초지종을 이야기하고 다시 밥을 짓기로 하였다. 계산 빠른 골통 영감은 금방 밥을 먹었으니, 밥을 조금만 하면 될 것이라고 생각하고 며느리에게 쌀을 조금만 주었다.

며느리가 밥을 짓는 그 시각, 머슴들은 밥이 오기만을 기다리며 씨름도 하고 노래도 부르면서 배를 꺼지게 하였다. 두 번째, 가져온 밥도 삽시간에 밥알 하나 남기지 않고 먹어 치웠다.

"아주머니, 밥이 또 모자라니 어떡하죠? 이거 미안해서……."

세 번째, 밥을 가지러 온 며느리를 보고 잔뜩 화가 난 골통 영감은 이번에는 아예 밥을 솥대로 짓도록 하였다. 그리고 머슴을 시켜서 며느리와 함께 밥을 가져가게 하였다.

그런데 배가 고프다는 머슴들은 두어 숟가락을 뜨고는 모두 뒤로 물러났다. 배가 불리시 꼼짝도 못하였다. 밥을 세 번이나 지어서 나르는 동안, 해는 서쪽으로 기울고 일은 한나절도 채 못하였다.

솥대로 지어 온 밥은 결국 찬밥이 되었다. 세 식구가 한 달을 먹고도 남을 양이었다.

그제야 꼴통 영감은 머슴들의 꾀에 넘어간 것을 알고 꿀 먹은 벙어리가 되었다. 그리고 이제부터는 머슴들의 심정도 알아주는 영감이 되었다.

5.
다행이야,
비행기도 사고 군함도
사야 하는데

* 고성지방

어떤 녀석이 군 입대할 날이 다가오고 있었다. 그간 친하게 지내던 친구들과 송별회도 하고, 여행도 하고……. 여러모로 용돈이 필요했다.

무슨 거짓말을 하여 용돈을 타 낼까 곰곰이 생각하다가 한 가지 묘안이 떠올랐다. 그래서 그 녀석은 아버지께 말하였다.

"아버지! 군대에 입대하면 군복도 사야 하고, 총도 사야 하고, 철모도 사야 하고……."

하면서 돈이 필요하니 용돈을 좀 달라고 했다.

그때 아버지가 말하였다. 하도 어이가 없다는 듯,

"그래, 네가 육군에 입대하길 천만다행이야. 만약 공군이나 해군에 입대했으면 큰일 날 뻔했네. 비행기도 사야 하고, 군함도 사야 하니……."

6.
내가 좋아서 하는
일인데

* 대전지방

농촌에 홀로 살고 있는 80대 최 할머니는 눈만 뜨면 논밭에 나가 일하고, 때로는 근처 산에 올라 나물과 약초를 캔다. 노년에 자력으로 할 수 있는 일은 평생 동안 변함없이 계속하여 몸에 밴 그 일밖에는 모른다. 일 년 내내 작업복 차림으로 집 수위를 쳇바퀴 놀 듯 하면서 일을 하였다.

허리가 마치 활처럼 휜 할머니가 땅만 쳐다보고 걸어가는 모습이 흡사 꼽추처럼 보였으나, 거동에는 조금도 지장이 없었다. 논둑이나 밭둑을 오르내리면서 좋은 나물을 골라서 뜯고, 산기슭에서 자라는 약초와 나물을 때에 맞게 뜯어서 시장에 내다 팔곤 하였다.

도시에 살고 있는 자식들은 농촌에 들러서 노모의 그런 모습을 보고 민망하여 몸 둘 바를 몰랐다. 노모가 작업복 차림으로 시장의 좌판에서 물건을 파는 모습은, 이를 지켜보는 다른 사람들로 하여금 자식도 없고 의지할 곳도 없는 불쌍한 노인의 모습으로 비쳐졌다.

"이제 시장에서 물건을 파는 일만은 제발 그만두세요."

자식들은 노모의 건강이 걱정되기도 했지만, 남들의 이목도 의식하지 않을 수 없었다. 반면 할머니는 자식들이 자신을 생각해 주는 것은 고맙지만 한편으로는 일을 그만두라는 말이 명령처럼 들려서 섭섭하였다.

"내 이 꼴이 보기에 민망하냐? 내가 좋아서 하는 일인데 누가 무어라고 하겠느냐? 늙어서도 건강할 때 일하는 재미를, 젊은 너희들이 어찌 알겠느냐?"

자식들은 더 이상 노모가 하는 일을 말리지 못하였다.

7.
쌀을 천대하니까
하늘이 벌을 준 것!

* 하동지방

1992년 9월 벼이삭이 목을 쑥 빼고 있을 무렵, 태풍이라는 고약한 마녀가 애써 가꾸어 놓은 벼들을 모조리 쓰러뜨려 벼논이 운동장에 매트를 깔아 놓은 듯했다.

하동군 북친면 직진부릭 문○○ 씨의 1,500평 벼도 모조리 쓰러졌나.

문 씨는 모두 타작마당처럼 되어 버린 논을 바라보면서 쓰러진 벼를 일으켜 세워야 하는데 그 면적이 넓기도 하거니와, 일꾼을 구하기가 어려워서 막막한 심정이었다.

피해를 입은 이웃 농민들은 모여서 한숨을 쉬며 원망과 절망적인 이야기를 주고받았다.

"UR이니 뭐니 하면서 쌀을 천대하니까 하늘이 벌을 준 것이다."

"벼를 일으켜 세워 봐야 인건비도 안 나올 텐데 굳이 어렵게 세울 필요가 있나?"

그러나 문 씨의 생각은 사뭇 달랐다.

"곡식은 다른 물건처럼 상대적 가치에 좌우되는 것이 아니다. 곡식은 우리 인간이 살기 위해 먹어야 하는 절대적인 가치가 있으며 그것은 천(天), 지(地), 인(人)이 삼위일체가 되어 생산해 내는 우주의 종합 산물인 것이다. 따라서 그것은 수지 여하에 따라서 일을 결정할 것이 못 된다. 기왕에 논에 벼를 심은 이상 어떠한 어려움이 닥치더라도 최선을 다하여 수확하여야 한다."라고 말하며 곡식의 중요성을 설파한다. 이렇게 생각한 문 씨는 삯일꾼을 구해서 3일간 쓰러진 벼를 모두 일으켜 세웠다. 지성이면 감천이라 했던가. 다행히 가을 날씨가 좋아서 일으켜 세운 벼가 잘 여물었다. 묵직한 벼이삭을 수확하는 문 씨의 마음은 마냥 즐거웠다.

아직 수지가 맞는지 안 맞는지는 모른다. 그러나 문 씨는 天, 地, 人 중의 人인 자기의 할 바를 다했다는 자기완성의 보람에 젖어 있었다. 그것이 바로 농심이었다.

8.
물 사돈

* 전남지방

1969년의 극심한 한해(旱害)와의 싸움! 지금처럼 수리시설이 좋지 않은 농촌에서는 몹시 가뭄이 심하여 밤낮 없이 논에 물대는 두레질 소리가 요란하였고, 논물 지키기 또한 밤낮을 가리지 못했다.

하루는 종일 물을 품어 논에 가두는데 물을 품은 만큼 논에 붙이 고이지 않자, 논으로 들어가는 물길을 살펴보니 김가네 논으로 일부 물이 흘러 들어가고 있었다. 그래서 김가네 논으로 들어가는 물길을 막고 김가를 나무랐더니 "아니, 그 물이 전부 당신 물이라고 어디 써 붙이기라도 했느냐?"라고 하면서 물을 더 흘러내리도록 터 버리자, 이를 막고 트고 하는 싸움이 반복되었다. 급기야 육박전이 벌어졌고, 마침내는 가족 간의 싸움으로 번져 버렸다.

그래도 하느님은 비를 내려 주지 않아 모도 심지도 못하였고, 하는 수 없이 대체 작물로 수수를 심게 되었다. 논두렁에 앉아 가뭄에 터져 버린 논바닥에 심어 놓은 수수모를 넋을 잃은 채 하염없이 바라보고 있던 김가는 "하느님의 농사라 어쩔 수 없는 일이다."하고 생각했다. 그러고는 물꼬 싸움을 한 이웃을 찾아가 "사돈"이라 부르며 수수모 심기를 거들어 주었다.

그 후 수수는 작황이 좋아 수확을 하면서 서로 농담 삼아 "사돈"이라는 말을 스스럼없이 부르며 지내게 되었고, 가뭄 때문에 싸움을 구경하던 8살 된 아들과 5살 된 김가 딸이 성장하여 20년이 지난 1989년에 정식으로 결혼식을 올려 진짜 사돈 사이가 되었다.

이에 마을 사람들이 이들을 가리켜 "물 사돈"이라고 부르면서 정겹게 살아가고 있다.

9.
괜찮다,
바꾸려고 했으니

* 경북지방

도시에서 시골로 갓 시집온 새댁은 시골 생활의 모든 것이 신기하고, 처음 해 보는 일도 많아서 실수가 잦았다.

시집온 지 며칠 되지 않아 쇠죽[1]을 끓여야 하는데 아궁이에 불을 지펴 보는 것조차 처음이었다. 그런데 있어야 할 부지깽이가 보이지 않자, 새댁은 이리저리 찾아다니다가 마루 위에 있는 나무막대기를 갖다가 그것을 부지깽이로 사용해 가며 불을 지폈다. 연기가 부엌에 가득 차서 매운 눈을 비벼 가며 어렵게 쇠죽을 끓였다.

그때 늦게 일터에서 돌아온 시댁 식구들에게 자신이 어렵게 쇠죽을 끓여 놓았다고 자랑을 하였다. 시아버지는 그런 며느리가 무척 대견스러웠다. 또한 시할머니도 집안일도 많은데 쇠죽까지 끓였다며 손자며느리를 그지없이 예쁘게 보았다.

그다음 날 아침이었다. 시할머니는 어제 밭일을 많이 한 탓인지 허리

---

1   쇠죽 : 소의 먹이로 여물과 콩 따위를 섞어서 끓인 죽

가 아파서 지팡이를 짚으려고 아무리 찾아도 눈에 보이지 않았다.

"아가, 내 지팡이 못 봤느냐?"

손자며느리에게 물어도 모른다는 것이다. 계속해서 지팡이를 찾던 시할머니의 순간 얼굴이 일그러졌다.

"혹시 어제 쇠죽 끓일 때……."

세상에 이럴 수가 있나. 어제 저녁 쇠죽을 끓일 때 사용한 부지깽이는 시할머니의 지팡이였다. 깜짝 놀란 손자며느리는 너무나 큰 실수에 송구스러워 몸 둘 바를 몰라 쩔쩔 매었다.

그런데 노발대발하실 줄 알았던 시할머니의 말씀은 뜻밖에도 다정하였다.

"괜찮다. 그렇지 않아도 다른 것으로 바꾸려고 하던 참이었다."

손자며느리는 시할머니의 그 말씀에 진한 사랑을 느끼며 시댁 식구들과 행복하게 살았다고 한다.

10.
비린 구멍

* 합천지방

옛날 어느 선비가 새집을 샀다. 누군가가 집값을 물으니 1,001만 냥이라고 했다. 무슨 집이 그렇게 비싸냐고 묻자, 1만 냥으로는 집을 사고 1,000만 냥으로는 이웃을 샀다고 대답하였다.

이웃집에 초상 같은 애사가 나면 그 이웃들도 심상(心喪)하여 머리를 감지 않고 빨래를 하지 않으며 부부간에도 합방을 하지 않음으로써 이웃 간의 슬픔을 함께하였다.

그리고 이웃 간에 담을 쌓을 때에는 담 사이에 기왓장 조각으로 구멍을 나게 하였다. 일상적으로 먹는 음식이 아닌 소고기, 돼지고기를 비롯하여 멸치까지를 포함한 별식을 만들었을 때, 이웃 간에 그 구멍을 통해서 서로 주고받았다. 그래서 그렇게 주고받은 어육류(魚肉類)를 비린 음식이라 하여 그 구멍을 일컬어 '비린 구멍'이라 하였다.

근대화 과정에서 이웃사촌이 요즈음은 아예 이웃 무촌으로 되어 버려 왕래조차 없을뿐더러 비린 구멍이 있어야 할 자리는 시멘트로 야무지게 막았으며, 그것도 마음에 차지 않았는지 그 위에는 날카로운 철조

망까지 엉클어져 있다.

이웃 간에 따숩고 진한 정이 오고 갔던 정신적인 통로인 '비린 구멍'이
라는 말 자체가 없어질 날도 머지않은 것 같다.

11.
저 아까운 걸!

* 의령지방

시골에서 농사를 지으며 혼자 살고 있는 김 할머니는 도시에 사는 자식들 집에 있는 것보다 농촌 생활이 훨씬 즐겁다. 평생을 흙과 더불어 살아온 몸은 흙냄새가 활기를 돋구어 주기 때문이다.

텃밭에 나가 일을 하면 하루해가 남방 저문다. 도시의 노인 중에는 할 일이 없어 공원의 벤치에 홀로 앉아 고독의 지옥에 빠져 있는데, 농촌에선 그런 한가한 시간이 없다. 눈만 뜨면 일거리가 눈앞에 기다리고 있어 외롭다는 생각을 하거나 고독에 빠져 있을 겨를이 없다.

자식들은 효성이 지극해서 도시에서 함께 살기를 바라지만, 할머니는 건강이 허락할 때까지는 흙을 밟고 살겠다며 농촌에 사는 것을 고집하고 있다. 그래서 가족의 생일이나 제사 등의 특별한 행사가 있을 때만 자식들 집에 찾아가곤 했다.

이번 할머니의 생일은 서울에 사는 아들 집에서 맞이하기로 하였다. 아들 내외는 할머니의 생일상을 풍성하게 차렸다. 값비싼 육류와 대구 크기만 한 돔도 놓여 있었다.

할머니는 도시 음식이 입에 딱 맞지는 않았지만 모처럼 만에 아들 내외와 손자들과 생일상에 둘러앉아서 그런대로 많이 먹었다.

그런데 며느리가 설거지하는 것을 보니, 찬을 여러 가지로 많이 차려서 젓가락이 몇 번 안간 찬까지도 먹다 남은 음식이라고 쓰레기통에 버리는 것이었다.

"저 아까운 걸."

할머니는 며느리의 하는 짓이 못마땅하였다. 가족들의 위생을 생각해서 그리하는 것 같지만, 음식의 고마움을 모르는 보기 민망한 행동이었다.

'먹다 남은 음식을 버리다니⋯⋯.'

시골에서 음식 설거지한 물도 모아서 돼지에게 주는 습관이 몸에 밴 할머니로서는 몹시 마음이 편치 않았다.

12.
그리운 고향별곡

* 사천지방

10년이면 강산도 변하듯이 세월 따라 고향 생각도 변하지만 그래도 '고향'이라는 말만으로도 눈시울이 뜨거워지는 것은 그리운 곳으로 마음에 새겨져 있기 때문일 것이다.

봄이면 얼었던 개울물이 졸졸 소리 내어 흐르고, 언덕배기로부터 넘어오는 어미 소를 따라 들어오는 송아지 울음소리까지, 아름다운 오솔길의 풍경이 눈앞에 선하다.

수놓은 듯 온 산이 붉게 물들었던 진달래꽃이 피었다 지면, 울타리 밑에는 어김없이 봉선화가 붉게 피었다. 무더운 여름밤 하늘에는 은하수가 수놓고, 모깃불에 모기 쫓으며 온 가족이 뜰에 모여 앉아 토란국, 보리밥에 감자 먹던 저녁밥 맛은 꿀맛 같았다.

고추잠자리 뜰에 날 때면, 지붕 위에 널린 빨간 고추가 가을의 정경을 더욱 아름답게 물들인다. 대밭에서 부엉이가 우는 긴 겨울밤의 등잔 밑에서 군고구마, 군밤, 인절미 떡에 홍시를 먹으며 여동생들과 두 다리를 이불 속에 파묻고 어머니의 구수한 옛이야기를 듣다가 그만

잠이 들곤 했었다.

시골집에는 영남 일대에서 이름 있는 문중의 원로로 손꼽는 유학 대가이시며, 상투를 틀고 한복에 갓을 갖추고 길게 늘어트린 수염이 한 눈으로 보아도 주위를 압도한 할아버지가 계셨고, 할머니에다 그 밑으로 한 치의 흐트러짐이 없으신 아버지, 그리고 위로 어른들을 모시며 인자하시여 대갓집 맏며느리답게 생각이 넓으신 어머니가 계셨다.

이런 집안의 법도를 익히며 봄에는 모내기, 여름에는 논매기, 가을에는 벼를 베고 보리갈이를 하는 등 농사일을 거들며 함께 일하는 동안 할아버지, 아버지의 농심을 읽을 수 있었기에 40여 년이 지난 지금에도 그 마음이 변치 않고 있다.

언제 어느 때라도 변치 않고 그리운 곳은 역시 고향이다. 특히 시골에 고향을 지키며 살아가는 부모님을 둔 사람은 그리움이 더욱 간절하다. 민족의 큰 명절인 설날과 추석 때에 교통지옥을 아랑곳하지 않고 고향을 찾아서 민족이 대이동하는 것을 보면, 고향의 힘이 얼마나 위대한가를 새삼 실감케 한다.

13.
노블레스 오블리주의
강부자와 손자의 말로末路

* 진주지방

일제시대 초기, 진주의 노블레스 오블리주[2]의 강부자 이야기다. 정촌면 예하리에 사는 만석지기 강부자라고 하는 사람은 진주 주위는 물론이거니와 산청, 함양, 하동 등 인근 여러 곳의 많은 소작인들로부터 덕망 있는 부자로 존경을 받으며 살았나.

어느 여름날, 강부자는 일본 유학을 하고 돌아온 장손을 불러 놓고 다음과 같이 일렀다.

"이제 너도 장성했으니 앞으로 우리 재산을 네가 관리하여야 하니, 우선 집사[3]와 같이 한 달 동안 산청, 함양, 하동에 있는 논을 둘러보고 소작인들의 생활상을 살펴보고 오라."고 하였다

분부를 받은 손자 강ㅇㅇ라는 이 청년은 집사와 같이 산청, 하동, 함양 등지를 돌며 소작인들의 생활 형편은 상세히 살피지 않고, 논에 부

---

2 노블레스 오블리주 : 상류층의 도덕적 책임

3 집사(執事) : 여기에서 말하는 집사는 주인집에 고용되어 그 집안일을 맡아 보는 사람을 이른다.

과된 소작료만 챙겨 보았다. 그러고는 많은 농토에서 적게 부과되었거나 누락된 소작료를 차근차근 챙겨 한 달 동안 조사하여 소작료 누락분 약 일천 석을 찾아왔다고 의기양양하게 할아버지에게 고하였다.

이 말을 들은 강부자는 크게 화를 내면서,

"내가 너를 보낼 때는 소작인들의 생활상을 살펴 그 사람들의 고통을 덜어 주고 오라고 보낸 것이지, 어디 그 사람들의 피땀을 짜 오라고 했더냐? 비록 땅은 내 땅이지만 농사는 그 사람들이 짓는데, 그 사람들이 잘 살아야 열심히 내 농사를 돌볼 것 아니냐? 그 사람들이 못 살면 자연히 내 농사도 망친다. 왜 그것을 모르냐? 너는 내 재산을 간수할 수 없겠구나."

하고 탄식하였다고 한다.

그 뒤 할아버지와 아버지가 세상을 뜨고 난 후, 그 손자인 강○○는 자신을 묻을 산 한 평 없이 그 많은 재산을 탕진하였다 한다.

14.
농사꾼은 농사의
달인이 되어야

* 고성지방

벼를 다수확한 어느 한 독농가의 말처럼 "농민은 벼와 말이 통해야"
한다. 그야말로 '농사달인(農事達人)'이 되어야 한다는 것이다. 그러면
서 "곡식은 농민의 땀을 먹고 자란다."고도 한다.

뙤약볕 쪼이는 여름, 어느 보리 공판장에서 쌀보리를 내온 농민은 농
산물의 뜻을 이렇게 말한다.

"이 쌀보리는 누가 먹는지도 모른다. 그러나 나는 정성을 다해서 돌,
모래, 먼지를 체로 깨끗이 쳐서 심지어 풀씨까지도 가려낸 다음 내 자
식을 여의는 서운한 심정으로 포장해 내왔다."

라는 노농(老農)의 이 소박한 말을 도시 사람들이야 무슨 소리인 줄도
잘 모르겠지만, 천심(天心)을 지닌 농심(農心)의 참된 모습으로 듣는 이
의 폐부(肺腑)를 울리는 말이기에 그냥 지나쳐 흘려듣기에는 너무 가슴
이 짠하다.

15.
의사 아들에게
약값 얹어 주는
어머니의 마음

* 고성지방

어느 농촌에 늙은 할아버지와 할머니 부부가 살고 있었다. 이 부부의
아들은 개인병원을 운영하고 있다.

세월이 흘러 봄이 되니, 할아버지는 몸이 노곤하고 피로가 겹쳐 아들
병원에 가서 주사(알부민)를 기분 좋게 맞았다. 그러고는 아들에게 만
원을 건네며 이렇게 말했다.

"애야, 여기 약값이다."

의사 아들은 손을 내저으며 말했다.

"부자지간에 무슨 약 값입니까? 그냥 가세요."

그러자 할아버지는 만 원을 아들의 손에 꼬옥 쥐어 주었다.

"약을 공짜로 쓰면 약효가 없으니 받아 두어라."

그로부터 며칠 후, 할아버지는 다시 아들 병원에 가서 주사(알부민)를
또 맞고 난 뒤, "애야, 약값이다." 하면서 이번에는 2만 원을 준다.

의사 아들은 의아한 표정으로 아버지를 향해 말했다.

"아버지, 지난번에는 만 원을 주시더니 이번에는 왜 2만 원을 주십

니까?"

그러자 할아버지가 미소를 머금고 이렇게 말하는 게 아닌가.

"얘야, 이번에는 너의 어머니가 만 원을 더 보태더라."

셋째 마당

요절복통할
망발, 실수 열전列傳

가난에 쪼들리고 권력에 억눌려 신음하면서 밑도 끝도 없는
농사일에 지치다 보면 피로와 긴장을 풀어 보려는 의도된 개그를 연출한다.
웃음이 있는 곳에 즐거움이 있고, 생활의 여유와 넉넉한 농심이 우러나온다.
못난 사람의 미덕이 남을 편하게 해 준다고 생각해서 일부러 어수룩한 체도 하고,
속내를 드러내지 않으면서 그 분위기에 맞는 실수와 망발로 웃음을 만들어
정상으로 반전시키는 지혜도 있다.

1.
술맛이 왜 이래?

* 구례지방

허리 휜 농사일에는 아플 새도 없다. 그러나 농민들은 마음 따뜻한 나눔으로 공동운명체를 이루며 산다. 그 나눔의 한가운데에 언제나 술이 등장하여 피로를 풀면서 허물없는 인간미 넘치는 사람의 정을 나눈다.

그래서 힘든 농사일을 하는데 술이 없으면, 일하는 것이 짜증이 나고 능률도 오르지 않는다. 새참에 술 한 잔 마시면 피로가 싹 가시고 힘이 솟아 죽을 줄 모르고 일하게 된다.

마을에서 보리타작 품앗이의 마지막인 날. 보리를 한 마당 가득 널어놓고, 도리깨[1]로 힘껏 내리치면 이마에 땀방울이 비 오듯 하고 입에선 단내가 나는데, 그럴 때 술 한 잔은 보약 중의 보약이라 힘이 절로 샘솟는다.

---

1 도리깨 : 재래식 타작 농구의 한 가지로 긴 작대기 끝에 회초리를 잡아매고 휘둘러 곡식을 두들겨 떪. '연가(連枷)'라고도 한다.

보리타작을 마치고 새참 먹다 남은 술을 한 잔 두 잔 마시면 술이 얼근하게 취해서 너도 나도 빈 잔에 술 따르라고 소리친다. 그럴 때 장난기가 있는 한 놈이 술잔에 제 오줌을 싸서 권하는 것이 아닌가? 그것을 단숨에 들이켜고 하는 말.

"웬 술이 이렇게 짜지?"

그러자 그보다 더 취한 놈이 하는 말.

"그 술맛, 참 좋다."

2.
네 어머니가
큰일이다

* 통영지방

이 씨와 한 씨는 사돈 사이다. 하루는 사돈끼리 우시장에 소를 팔러 갔다. 이 씨는 자기 집 수소를 암소와 바꾸려고 하고, 한 씨는 자기 집 암소를 수소와 바꾸려고 하였다.

오랜만에 우시장에서 만난 두 사돈은 국밥 집에서 술잔을 주고받으며 집안 안부를 묻다가 서로 소를 바꾸려고 시장에 나온 것을 알고는 흥정에 부칠 것 없이 소를 서로 맞바꾸게 되었다.

어두워질 때까지 술을 마신 두 사돈은 술이 거나하게 취한 상태로 서로 바꾼 소를 몰고 자기 집으로 돌아가게 되었다. 그런데 귀소본능이 있는 소는 서로 자기 집으로 되찾아 가고 있었다.

그것을 모르는 두 사돈은 소를 따라서 집으로 가게 되었는데, 시골집은 모양새가 비슷하여 각기 사돈집 안방으로 들어가는 촌극이 벌어진다. 딸을 가진 이 씨가 사돈집 안방에 들어가 눕자, 자고 있던 사부인이 기겁을 하여 밖으로 뛰쳐나갔다.

"아이, 깜짝이야!"

시어머니의 놀란 소리를 듣고 이 씨 딸이 방에 들어와 보니, 시아버지가 아닌 친정아버지가 누워 있는 것이 아닌가. 딸이 놀란 가슴을 진정하고 누워 있는 아버지를 흔들어 깨웠다.

눈을 뜬 이 씨는 자기가 사돈집 안방에 누워 있는 것을 알고는 땅이 꺼지게 걱정을 하였다.

"아이고, 네 어머니가 큰일이다."

그 말에 딸은 영문을 모르는 표정만 지을 뿐이다.

3.
딸 많은 것도
죄가 되나

* 남해지방

6명의 딸을 가진 박 씨는 읍내 시장에서 둘째 딸의 시아버지를 만났다.

"사장 어른, 시장에 나오셨습니까?"

정중히 인사하고 나니 내심 걱정이 되었다. 호주머니에는 대포(술) 두 잔 값의 돈밖에 없었다. 잠깐 묘안을 찾던 박 씨는 인근 선술집으로 들어가서 소주를 큰 잔으로 두 잔을 시켜 놓고 자기가 먼저 들이마셨다.

"어! 이 독한 술을 어느 놈이 두 잔 마실꼬." 그리고 사돈에게 권하였다.

"술이 독하긴 독하군."

사돈은 술을 더 마시지 않고 일어났다.

여기에서 위기를 모면한 박 씨는 집으로 돌아오는 길에 셋째 딸 시아버지가 걸어오는 것을 보았다. 호주머니가 비어 있는 박 씨는 고개를 돌려 사돈을 지나쳤다. 그때 박 씨의 등 뒤에서 사돈이 하는 말이 들렸다.

"오늘따라 목 비뚤어진 놈이 왜 이리 많노."

박 씨는 그 말을 들으며 "딸 많은 것도 죄가 되나?"라고 중얼거렸다.

4.
술이
화禍로다

* 부안지방

어떤 술 좋아하는 사람이 머리는 대머리인데 수염은 그와는 반대로 매우 풍성하였다. 한 친구가 그를 비웃으며 물었다.

"같은 몸인데 어찌 턱에만 털이 나고 머리에는 털이 한 오라기도 없는가?"

"술이 화(禍)로다."

"술이 화라니? 술이 어찌 머리에만 화를 내고 턱에는 화를 내지 않는가?"

"허허허, 그대도 술에 취하고 나서 앓아 보지 않았는가. 응당 머리는 아프되 턱은 아픈 법이 없으니, 아프지 않은 턱에는 털이 나고 아픈 머리에는 털이 없을 수밖에……."

5.
술이 원수지!
물에 젖은
하곡 수매 대금

* 경남지방

1987년 하곡 수매 때, 이장인 김 씨는 아침 일찍 쌀보리 30포대를 경운기에 신고 공판장[2]에 나갔다. 그해 여름은 장마가 잦아서 보리 건조에 어려움이 많아 이장의 보리도 수분 불합격을 받았다.

이장은 불합격 받은 보리를 마을 사람에게 부탁하여 자기 집으로 실어 보내고, 농협으로 마을 사람들의 수매 대금을 찾으러 갔다. 거기에서 이웃 마을의 이장을 만나 식당에 가서 술을 주거니 받거니 하다가 그만 과음을 하였다.

앞을 못 볼 정도로 취한 이장은 수매 대금이 든 가방을 메고 집으로 오다가 그만 개울가에 쓰러진 채로 돈 가방을 베개 삼아 잠이 들었다. 한참 후 잠을 깨어 보니, 돈 가방과 옷이 물에 흠뻑 젖어 있었다.

집에 온 이장은 물에 젖은 돈을 부락민에게 나누어 주지 못하고 고민

---

2 공판장－공판이라는 말은 공동판매의 준말인데, 농민이 생산한 농산물을 판매하고자 할 때는, 소정절차(농산물검사법)에 따라 공판장에 내오면 국가공무원인 검사원이 이를 검사하여, 대금지불의 기준이 되는 등급을 판정하는 장소.

하다가 젖은 돈을 말리기로 하였다. 수매 대금 450만 원을 큰방, 작은 방, 마루 등에 펼쳐 놓으니 온 집안이 돈으로 가득 차서 세상 부러울 것이 없었다.

이 사실을 알고 몰려온 마을 사람들은 배꼽을 잡고 웃으며 한마디씩 농을 하였다.

"돈 말릴 걱정 말고, 이장 보리나 잘 말리게."

6.
막걸리
한 통 내기

* 고성지방

김 검사원이 추곡 수매장에 출하한 1,832포대를 검사하고 있었다. 그때 출하 농민 한 분이 검사원 곁에서 "검사를 잘하시오."하며 따라다녔다. 검사원에게는 그 말이 듣기에 거북한 말이었으나, "이 정도로 하면 잘해 드리는 것입니다."하고 가볍게 맞장구를 쳤다.

그러나 여간 신경이 쓰였다. 그렇지 않아도 잔뜩 긴장하고 검사를 하는데 검사를 "잘하라"는 출하자의 주문을 받고 보니, 마치 감시를 받는 것 같아 기분이 언짢았다.

검사원이 검사를 마치고 검사가방을 정리하고 있는데, 검사를 잘하라고 한 출하자가 찾아와서 "막걸리 한잔합시다."라며 검사 과정에 대한 이야기를 꺼냈다.

"내가 출하한 벼 15포대를 세 곳에 두고 세 곳 모두 같은 등급이 나오면 내가 막걸리 한 통을 내고, 두 가지 등급이 나오면 내기를 건 사람이 막걸리 한 통을 내기로 하였는데 전량이 2등으로 되어서 내가 패하였습니다."

하면서 약속을 이행할 테니 참석을 부탁한다는 말이다. 그제야 검사
원은 검사할 때 곁을 따라다니며 감시한 이유를 알 수 있었다.

"그래서 검사를 잘하라고 하였군요."

승자와 패자는 막걸리를 들면서 검사원에게 말하였다.

"검사원은 귀신이야."

듣기에 나쁘지 않았다.

"허허, 나는 귀신이 아니라 1, 2, 3등을 판정할 뿐입니다."

7.
후행[3] 간 사돈 대접,
술잔에 웬 식초를

* 대전지방

신부 댁에서 결혼식을 올린 후, 신부의 숙부가 후행으로 신랑 집에 가게 되었다. 그렇게 신랑 집에 도착하니 곧이어 주안상이 들어온다. 사돈은 후행으로 온 상빈(上賓)에게 술을 권하면서 정중한 인사를 나누었다. 후행으로부터 되받은 술맛을 보니 '아뿔사!' 이것이 웬일인가? 술이 아니라 식초였다. 신랑 측이 크게 당황하여 이를 확인해 보니, 식초병과 사돈에게 내놓을 술병을 나란히 세워 놓은 탓에 빛깔이 같아 술인지, 식초인지 분별을 못하고 그만 식초를 주전자에 따라 넣은 것이다.

일이 이쯤 되고 보니 큰 곤경에 빠져 버렸다. 식초를 술로 대접한 망발도 대단한 결례인데다가 더욱이 식초를 마신 뒤 큰 병이나 얻어 병석에 눕게 되지나 않을 까 하는 걱정이 태산이다.

---

3 후행(後行) : 남녀가 결혼을 하면 신랑이나 신부를 사돈댁에 보낼 때 함께 따라가는 사람으로서 이 후행을 맞는 사돈댁에서는 대단히 정중히 모셔야 되는 것이 관례이다.

그러나 3개월 뒤 웃지 못할 소식이 전해 왔다. 그 사돈은 3년 전부터 소화불량으로 고생을 하던 중 뜻밖에도 식초를 마신 뒤부터 그 고질병이 나아 오히려 건강이 회복되었다는 고마운 전갈이다.

8.
술 취한
두 사람

* 거창지방

밤늦게까지 술을 마시다 보니 두 사람 모두 만취가 되었다. 그러나 이제 그만하고 집으로 가자 하며 두 사람은 동네 앞다리에 다다라서 덕판이가 소피를 보는 사이, 판술이는 혼자 앞서가다가 그만 다리 밑으로 떨어지고 말았다.

뒤따라가던 덕판이는 판술이가 보이지 않자 "여보게, 자네 어디에 있나?"하고 부르니, 판술이가 다리 밑에서 "나 여기 있네."하고 대답했다. 몽롱한 술김에 그 소리를 들은 덕판이는 소리 나는 쪽으로 간다는 것이, 그만 두 사람 모두 다리 밑으로 떨어지는 신세가 되었다.

"어허, 자네는 왜 꼭 나를 닮나?"

9.
첫날밤
소박맞은 신부

* 진양지방

첫날밤을 지낸 신부가 긴장한 나머지 새벽에 잠든 신랑이 놀라 깨도록 방귀를 크게 뀌고 말았다. 신랑은 하도 어이가 없어 색시 집에서 자기 집으로 돌아가 버리는 바람에, 신부는 첫날밤 방귀 한 번 뀌고 남편에 소박을 맞았다.

그런데 그 첫날밤의 잠자리에서 태기가 있어 낳은 아이가 아들이었다. 그 아이가 홀어미 품에서 애지중지 자라니, 영특하기 이를 데 없었다. 그러던 아들이 예닐곱 살이 되자 "나는 왜 아버지가 없어요?" 하며 자꾸 되물었다. 부인은 더 오래 속일 수 없어서 자초지종을 말하였다.

그 사실은 안 아들은 기어이 아버지를 찾겠다고 마음먹고 박씨 한 움큼을 싸서 집을 나섰다. 그리고 어머니가 가르쳐 준 집 앞에서 소리쳤다.

"박씨 사시오. 박씨! 아침에 심었다 저녁에 따 먹는 박씨 사시오."

집주인이 가만히 들어 보니 괴이하기 짝이 없었다. 대문 밖으로 나가 보니 웬 조그만 아이가 소리치고 있었다.

"이놈아, 세상에 그런 박씨가 어디 있느냐?"

"있고말고요. 평생 방귀를 안 뀌는 사람이 이 박씨를 사야만 효험이 있어서 저녁에 따 먹을 수 있는 박이 열립니다."

그러자 주인은 아이에게 놀림을 당하는 것 같아 크게 화를 냈다.

"세상에 방귀를 안 뀌는 사람이 어디에 있느냐? 이놈, 누굴 놀리려고……."

주먹을 들어서 아이에게 알밤을 주려고 하는데, 아이는 눈 하나 까딱하지 않고 말하였다.

"그럼 왜 어르신은 첫날밤 방귀 한 번 뀌었다고 신부를 소박 맞히셨습니까?"

당돌한 아이의 말에 주인은 주춤하여 아이의 얼굴을 자세히 보니, 미상불 자기와 닮아 있었다. 그제야 아이의 행동이 예사롭지 않은 것을 알고 지난날의 경솔한 행동을 뉘우쳤다. 그리고 아내를 정중히 맞이하였다.

10.
아버지
'개소리' 그만해요!

* 논산지방

몸이 아픈 노인 한 분이 계셨다. 온갖 음식을 구해다 먹고 약재를 지어 먹었으나, 어쩐 일인지 몸이 낫지를 않았다. 그러다 개를 잡아서 여러 가지 한약재를 넣어서 달여 먹으면 낫는다는 이야기를 들었다.

"얘야, 개가 봄에 좋다니 한 마리 사 오너라."

그는 아들에게 여러 번 부탁을 했는데, 아들은 이 핑계 저 핑계를 대며 개를 사 오지 않았다. 그는 화가 잔뜩 났다.

"오늘은 어떤 일이 있어도 개를 틀림없이 사 오너라."

그러자 아들의 한마디.

"아버지, 개소리 그만해요."

아들은 화가 난 아버지의 마음을 달래려고 빨리 대답한다는 것이, 그만 실수를 하고 만 것이다.

11.
이름이
'주어라'여서!

* 논산지방

옛날에 머슴 한 놈이 살았는데 이름이 '주어라'이다. 이 머슴이 날이면 날마다 주인집 딸년을 보고 입맛을 다셨다.

그러던 어느 날, 우연히 그 딸년과 머슴 놈이 둘이서 논으로 일을 하러 나갔다. 주인마님이 집에서 가만히 보니까, 두 연놈이 하라는 논일은 안 하고 등 너머로 숨어 들어가는 것이 아닌가? 깜짝 놀란 주인마님은 엉덩이에 불붙은 호랑이처럼 버선발로 달음박질을 쳐서 산등성이에 올라가 머슴 놈 이름인 "주어라", "주어라"를 아무리 불러도 소식이 깡통이었다.

한참을 지나 논일을 끝내고 집으로 돌아온 딸의 모양새를 가만히 보니, 치마가 산통 치른 아줌마처럼 꾸깃꾸깃하고 뺨따귀가 불그레한 것이 아무리 생각해도 요상하였다. 그래서 딸년을 골방에 가두고 다그치니까, 그제야 그 딸년이 움츠리고 이야기를 하였다.

"이년은 안 주려고 몸부림치고 있는 판인데, 느닷없이 엄마가 '주어라, 주어라' 그래서 하는 수 없이 주었단 말여. 무엇이 잘못되었수."

12.
쌀이
더 많아요

* 부안지방

새신랑이 처가에 가자, 처남댁이 몹시 반갑게 맞아 주며 밥상을 지어 대접하였다.

"비록 찬은 없지만 많이 잡수십시오."하고 정중한 인사를 한다.

"별 말씀을요. 맛있게 들겠습니다."

신랑이 첫 숟갈을 들고 밥을 먹는데 밥 속에 돌이 있어서 입안에서 딱 소리가 났다. 처남댁은 무안하여 어쩔 줄을 몰랐다.

"쌀에 어찌나 돌이 많은지, 여러 번 일었는데도 돌이 들어갔네요."

신랑은 도리어 처남댁 보기가 민망했다.

"쌀이 더 많아요."

13.
꿈이었으면

* 금산지방

이 씨는 어느 봄날, 낮잠을 즐기던 중 돼지꿈을 꾸었기에 행여나 하고 복권 두 장을 샀다. 그리고 지난주 신문을 보고 맞추어 보았다. 그런데 이게 웬일인가? 한 장은 500원, 한 장은 1억 원에 당첨된 것이다.

이 씨는 복권을 속주머니 깊숙이 넣고 아무도 몰래 서울행 고속버스에 몸을 실었다. 그리고 길을 물어물어 주택은행에 찾아갔다. 창구의 아가씨에게 복권을 보이며 돈으로 교환해 달라고 부탁했다.

"한 번 사시면 돈으로 교환은 곤란합니다."

"이봐요, 지금 무슨 소리를 하는 거요. 1억 원이 당첨되었는데……."

"손님, 이것은 이번 주에 추첨할 복권인데요?"

"아니, 그게 정말이유?"

이 씨는 더 할 말을 잊었다. 차라리 꿈이었으면 차비는 들지 않았을 텐데…….

14.
"그놈이
내 산삼을 먹었어!"

* 거제지방

늘 건강하게 오래 살고 싶은 생각을 갖고 있던 김 서방은 주위에서 오래 사는 사람들의 이야기를 하면 흘리지 않고 잘 기억해 두었다.

한번은 어떤 사람이 젊었을 때 산에서 처음 보는 약초 뿌리를 먹었는데 그 뿌리를 먹고 취해서 거의 한나절을 잠들었다가, 깨어난 후로는 몸살이나 감기 한번 걸리지 않고 평생을 오래 살았다는 이야기를 듣게 되었다.

그래서 '나도 운 좋게 그런 약초를 먹을 수 없을까?' 하고 욕심을 내면서 그 약초는 틀림없이 몇 백 년 묵은 산삼일 거라고 생각하였다.

그러던 어느 겨울날, 산에 나무를 하러 갔는데 우연히 평생에 한 번도 본 일이 없는 풀을 발견하고는

'혹시 산삼이 아닐까?'

생각하며 뿌리를 캐 보니 아기 팔뚝만 한 것이었다. 당장에 먹고 싶었지만 추운 날씨에 먹고 취하여 잠들었다가는 큰일이므로 집에서 몰래 먹으려고 나뭇단 사이에 숨겨 가지고 내려왔다.

집에 돌아와 보니, 이웃에서 마실 온 사람들이 놀고 있어서 나뭇짐을 받쳐 놓고 집 밖으로 나왔다. 집 밖에는 공교롭게도 오랜만에 만나는 친구들이 기다리고 있어서 저녁 늦게까지 그들과 놀았다.

그리고 집 안에 들어가면서 나뭇짐을 찾았는데 나뭇짐이 온데간데없었다. 알고 보니 그가 돌아오기를 기다리다 못한 부인이 옆집에 있는 저희 조카한테 나뭇짐을 풀어서 쇠죽을 끓이게 했단다. 한참 불을 때고 있는데 나뭇단에서 처음 보는 풀뿌리가 나와서 조카가 껍질을 벗겨서 먹었다는 것이다.

"그놈이 내 산삼을 먹었어!"

김 서방이 노발대발하며 조카네 집으로 달려갔다.

"끙끙…….'

앓는 소리가 문밖에까지 들렸다. 조카가 죽을상을 하고 방 안에서 뒹굴고 있었다.

"어서 병원엘 데리고 가야겠어요."

자초지종을 따질 겨를도 없었다. 형수가 시키는 대로 조카를 업고 읍내병원으로 달려갔다. 의사는 조카를 응급치료하고 나서 보호자에게 말하였다.

"독초를 먹었어요."

"네?"

"그래도 일찍 와서 다행입니다."

15.
애들아,
나도 마누라 있어!

* 고성지방

한 해 농사를 끝내 놓고 눈 내리는 겨울, 시아버지가 세 며느리를 불러 놓고 말하였다.

"아가, 이런 날에는 그 무엇이냐, 떡을 해 먹으면 좋겠다."

"낭상 벅을 하셨습니다."

며느리 세 동서는 합창이라도 하듯이 대답하였다.

시아버지가 떡을 기다리며 밖을 내다보고 있는 사이, 큰아들이 들어오니 맏며느리가 눈짓하며 떡에 고물을 묻혀 제 남편 입에 집어넣는다.

다음에는 둘째 아들이 들어오니, 둘째 며느리가 눈짓하며 떡 한 줌을 떠서 제 신랑 입에 넣어 준다. 이때 철이 없는 셋째 아들이 들어오더니, "아이, 웬 떡이야! 색시야, 이것 내 떡이냐?"하며 떡을 한 줌 먹는다.

시아버지는 섭섭했다. 시아버지 체통에 애들에게 떡 좀 달라고 말할 수도 없고 참 난처했다. 그때 눈치 빠른 할멈이 떡을 들고 나왔다.

"어서 떡 좀 들구려."

시아버지는 할멈의 말이 떨어지기 무섭게 애들에게 외쳤다.

"얘들아, 나도 마누라가 있어!"

16.
점심 안 가져온다고
오히려 투정?

* 고성지방

60여 년 전 화전(火田)을 일구어 콩을 심어 두레 형태로 이웃 3~4명의 청년들이 김을 매러 갔는데, 입은 옷이라곤 삼베중의[4]만 입은 상태여서 산중에 올 사람도 없고 또 날씨마저 덥기도 하니 발가벗기로 하고 김을 매고 있었다.

때마침 점심을 이고 간 여자가 언뜻 김매는 밭을 쳐다보니, "어마뜩해라!"

남정네들이 모두 알몸이다. 이를 보고 점심을 이고 가지 못하고 있는데, 남정네들은 오히려 자신들이 벗은 생각은 하지 않고 왜 점심을 가져오지 않느냐고 투정이다.

---

4 삼베중의 : 남자의 여름 삼베 홑바지

17.
그건 짐승들이나
하는 짓이지!

* 무주지방

이웃집 과부를 농락하려고 여러 가지로 생각해 보았으나 아무래도 잘 되지를 않았다. 그래서 지혜가 있다고 소문이 난 사람을 찾아가 그의 지혜를 빌리기로 하였다.

지혜 있다는 사람이 대답했다.

"그건 어렵지 않지. 그 과부가 아침에 일어나 세수하고 머리를 빗고 있을 때, 그 과부의 목덜미를 꼭 물어 봐, 그러면 돼."

그 말을 듣고 아침 일찍이 일어나 망을 보고 있었다. 그 과부는 어김 없이 그날도 머리를 빗고 있었다. 지혜 있는 사람의 말대로 불현듯이 과부의 목덜미를 물었다. 그러나 과부는 뜻밖에도 수염을 움켜쥐고 뺨을 정신없이 세 차례나 후려친다.

그는 화가 잔뜩 나서 지혜를 빌려준 사람에게 달려갔다. 그는 천연덕 스럽게 웃으면서 다음과 같이 말했다.

"난 수탉이 사랑할 때, 암탉의 목덜미를 물어뜯는 것을 보았거든."

그 말을 듣고 그 노인은 얼굴이 새빨개지면서 소리를 친다.

"이 멍청이 바보야, 그것은 짐승들이나 하는 짓 아니냐? 인간은 그런 것들과는 다르다는 말이야."

"그렇다면 자네가 아침부터 이웃집 과부를 농락하는 것은 사람으로서 할 수 있는 일인가?"

18.
선무당 꼴이 된
형우제공兄牛弟攻

* 부안지방

수년 전, 개화도 들판에서 거름을 가득 실은 소를 몰고 들로 나오는 청년 김○○ 씨를 만났다. 그런데 웬일인지는 모르나, ○○ 씨는 소를 몹시 때리고 있었다. 비록 말 못하는 짐승이지만, 그 정경이 하도 애처로워 이○○ 씨는 한마디 하지 않을 수 없었다.

"어이! ○○ 씨, 왜 소에게 매질을 그렇게 심하게 하나? 그렇지 않아도 몹시 힘이 드는 모양인데……."

그러자 ○○ 씨의 대답이 걸작이다.

"형님은 모르는 소리 그만하시오. 옛말에 형우제공(兄牛弟攻)이라고 하지 않았소? 이게 바로 우리 형님네 소이기 때문에 이렇게 때리지요."

"이 사람아, 그런 것이 아니여!"

선무당 사람 잡는다고 잘 알지도 못하면서 아는 체하는 ○○ 씨를 어이없어 하면서, "그 말은 그런 형우제공이 아니라, 이러한 형우제공(兄友弟恭)을 착각한 것이지. 그래서 이런 일을 반식자우환(半識字憂患)이라고도 하지……."

19.
도깨비와 겨뤄 본
산증인

* 고성지방

우리나라에서 전형적인 농촌 생활을 하던 시절은 옛날 1950년대에서 1970년대 사이였다. 그 당시야말로 배고픈 생활을 면치 못하고 살아 가던 때였다. 그때 농촌이야말로 말로만 듣던 산 좋고 물 맑고 어디를 가나 가는 곳마다 금수강산이라고 불렀다.

주거 생활이라고는 양지바른 산 아랫마을 옹기종기 모여 살던 때, 어느 날 중년 농부가 이웃 마을 잔칫집에서 거나하게 한잔하고 귀가하는 길이었다. 그 당시만 해도 교통수단이라곤 별다른 것이 없어 보통 20~30리 길을 걸어서 다니는 것이 보통이었다.

산 굽이굽이 지나 큰 고개를 넘고, 민가에서 떨어진 깊숙한 산골짝이 (일명 느지개)에 다다랐을 때는 이미 캄캄한 밤이었다. 그런데 별안간 눈앞에 시커먼 구척장신(九尺長身) 같은 놈이 다가오더니, "나하고 씨름 한번 하자." 라고 한다. 그래서 엉겁결에 어쩔 수 없이 씨름을 하게 되었는데, 중년 농부는 몇 번이고 계속해서 넘어졌다. 그는 사력을 다하여 허리띠(그 당시만 해도 무명베로 됨)를 풀어 요놈을 나뭇가지에

꽁꽁 묶어 두었다.

기진맥진하여 집으로 돌아와 그렇게 당한 일을 가족들에게 이야기하고 자리에 누울 수 있었다. 그리고 다음 날, 행여나 하는 생각에 그곳을 찾아가 보니 '빗자루' 한 개가 나뭇가지에 대롱대롱 매달려 있었다.

현대문명사회에서 알아줄 리는 만무하지만, 그 당시에 그렇게 당한 사람이 실제 있었다는 배꼽 잡을 전설 같은 이야기에 불과하나 80대 촌로의 산 증언이기에.

20.
이것 좀 고쳐
매달라

* 거창지방

옛날 어느 동네에 어머니와 아들이 살고 있었다. 그 아들은 먹고 자는
것조차 추스르기를 싫어할 정도로 게을러 빠졌다.

그러던 어느 날, 하루는 피치 못할 사정이 생겨 아들이 먼 길을 떠나
게 되었다. 그동안 게으른 아들의 수발을 들어 왔던 어머니의 걱정은
태산 같았다. 어머니는 아들을 위해 떡을 만들어 괴나리[5]봇짐에 싸 주
었다. 그리고 아들에게, "가다가 배가 고프면 꺼내 요기를 하도록 해
라."하고 거듭해서 일렀다. 동구 밖까지 뒤따라 나오면서 신신당부해
마지않는 어머니의 목소리를 귓등으로 들으며 길을 떠났다.

가다 보니 온몸이 땀으로 흠뻑 젖었다. 아들은 시장기를 느꼈으나 본
시 게을러빠진 성미여서 등에 멘 떡조차 꺼내 먹기가 싫었다. 이를 어
떻게 꺼내 먹을까 하고 머릿속에 궁리를 하면서 정자나무 아래 펄떡
주저앉았다.

---

5 괴나리-괴나리봇짐의 준말. 걸어서 먼길을 갈 때 짊어지는 조그마한 봇짐

한참 동안 바람을 쐬고 있는데, 마침 반대편에서 한 사람이 걷기가 몹시 귀찮은 듯 터벅터벅 걸어오고 있는 게 아닌가!

'옳지! 저 사람이 오면 떡을 꺼내 달라고 해서 먹어야겠다.'

아들은 내심 반가웠다. 그 나그네는 정자나무 아래에 오자마자 퍼질러 앉는다. 그 앉는 모습을 보니 갓끈이 턱에 걸쳐 있다.

이때 아들이 나그네에게 말을 걸었다. 급한 마음에 수인사도 생략한 채, "여보세요, 배가 고프실 텐데 내 등 뒤에 떡이 있소이다. 꺼내서 같이 먹읍시다." 하면서 봇짐 속에 있는 떡을 좀 꺼내 달라는 시늉을 했다. 그러자 나그네는 '옳거니, 잘됐다' 싶은 듯이 갓끈이 걸린 턱을 앞으로 쑤욱 내밀면서 오히려 "이것 좀 고쳐 매달라."는 청을 한다. 피장파장, 그놈이 그놈이다.

요즈음 관료사회를 개탄하는 소리 중에는 '복지부동'이라는 말이 자주 오르내린다. 사정개혁 바람을 피하기 위하여 땅에 바짝 엎드려 꼼짝 않는다는 말일 게다. 말 뜻대로 하자면 게으른 정도가 아니라 아예 움직이기조차 싫다는 뜻일 게다. 그러면서 먹는 것만큼은 잘도 챙기는지, 삼키다가 걸린 자들이 끊일 줄을 모른다.

삼켜서는 안 되는 것을 삼키는 것보다 싸 준 떡도 못 먹는 게으름이 차라리 났다고나 할까?

21.
처절한 아낙네의
물꼬 싸움

* 진도지방

수리시설도 되지 않고, 양수시설은 더더욱 없던 과거, 모내기를 끝낸 뒤 가뭄이 계속되면 돈 주고도 살 수 없는 귀중한 것이 물이다.

흡족한 비라도 내려 주면 다행이지만, 가뭄이 계속되면 논에 물대기 전쟁이 자주 벌어진다. 그 한 해의 죽고 사는 문제와 식결되기 때문에 논두렁에서의 물꼬 싸움은 처절하다 못해 때로는 가히 살풍경이다.

논두렁 사이의 작은 도랑에 고인 물을 서로 확보하기 위해서 밤잠도 이루지 못한 채 물을 잘 지켜야 했고, 물대기를 서로 먼저 하려고 싸움이 자주 일어나곤 한다. 싸움이 벌어지면 남정네들끼리 치고받고 하다가 심지어는 살인사건까지도 일어난다. 힘이 없거나 타지방사람이면 늘 물대기 순서를 놓치고, 설령 물을 잡았다 하더라도 밤에 아주 잠깐 사이에 논물을 자주 빼앗기는데, 이럴 때 부인이 나서서 싸움이 벌어진다.

부인이 옷을 벗고 물꼬에 드러누워 소리를 고래고래 지르면, 같이 싸움을 하던 남정네는 아무 소리도 못하고 도망가야만 했다. 산다는 것

이 무엇인지, 남편이 해결 못한 물대기를 이렇게 처절한 여인의 극한
에 해결한다는 것이 눈물겹다.

22.
담배 심부름 시킨 아들, 쌍놈으로 전락

* 보령지방-2017

양반 행세하는 향반은 일반 농민들과 한 마을에서 어울려 살면서 농사를 짓고 산다. 향반은 지금은 비록 벼슬을 못해 농사를 짓고 있지만, 내심 '양반'이라는 자부심을 가지고 산다. 그래서 마을 사람들도 그렇게 알고 지내왔다.

그러던 어느 날, 모내기를 향반과 함께하게 되었다. 점심때가 되어 논 언덕으로 나와 들밥을 먹기 위해 한자리에 둘러앉았다. 이때 젊은 향반은 감농(監農) 나온 아버지가 자신의 담배쌈지와 담뱃대가 놓여 있는 논두렁을 지날 무렵, "아버지!"하고 부른다. 그리고는 "나오실 때 그곳에 놓은 저의 담뱃대와 쌈지를 들고 나오세요!" 한다. 이 소리를 듣자, 일꾼들은 일제히 외친다.

"저런 쌍놈이 어데 있나! 저의 아버지더러 담뱃대를 갖고 나오라고? 황해이씨 양반이라고 하더니 쌍놈 따로 없어!"

담배는 누구나 평등하게 이용할 수 있는 기호품임에도 특별한 예절을 갖추어야 한다는 상징성을 갖고 있다. 그래서 아버지에게 담배피우는 것을 알리는 것도 마땅한 일이 아니지만, 아버지에게 담배 심부름을 시켰다는 불경스러움이 쌍놈으로 전락시키고 말았다.

아직은 아버지 앞에서 담배 피우는 아들은 없다.

넷째 마당

생활재를 통한 개그로
삶의 활력을 찾아

생활재에는 농민의 손길이 닿아 정이 머물러 있다.

그래서 이들과 떨어져서 산다는 것은 생각할 수 없어

평생 정겹게 살아가야 하는 존재들이다.

그러므로 이들과 더불어 애정을 주고받으면서 고달픈 농사에 긴장을 완화하면서

삶의 윤활유를 찾고자 개그를 찾고 만들어 생활을 고양시킨다.

1.
우공牛公에게도
존댓말을 해야

* 함양지방

지리산 아래 동구 부락에서 우애 있는 두 형제가 노부모를 모시고 농사를 짓고 살았다.

논을 갈 때 형님은 앞에서 소를 끌고, 동생은 뒤에서 쟁기질을 하는데 형님이 앞에서 끌고 가기 때문에 "이랴, 좌랴"는 할 수 없고 "형님, 갑시다요." 하면 소가 앞으로 나갔다.

어느 날 형님이 몸져누워서 동생이 혼자서 쟁기질을 하게 되었다.

"이랴, 좌랴!"

그러나 어쩐 일인지 소는 꼼짝도 하지 않았다. 여러 번 반복해도 마찬가지였다. 그러자 동생은 '아차! 형님이 앞에서 끌 때처럼 해야지!' 하고 생각했다.

"형님, 갑시다요."

그제야 소가 앞으로 나아갔다.

2.
'GO', 'STOP'
알아듣는 국제화된 소牛

* 사천지방

재담을 잘하는 김 씨는 추곡 수매 공판장에서 공판을 기다리며 옹기종기 모여 있는 출하 농민들에게 자기 집 소에 대한 이야기를 하였다.

"우리 집 일소를 여러분은 아십니까? 1970년대 이후 급속한 경제 성장으로 농촌도 경운기, 트랙터 등 기계화 영농을 하게 되었지만, 그전의 우리 집 일소는 농사에 없어서는 안 될 귀중한 재산이었습니다.

'이랴!' 하면 이리 가고, '좌랴' 하면 저리 가고, '워~' 하면 서는 순덕이었습니다. 그런데 요즘에 이르러 국제화 개방화로 수입 농산물을 자주 접할 기회가 되자, 요놈의 소가 아주 유식해졌는데…….

'이랴, 좌랴, 워~' 하면 가고 오고 서던 순덕이가 말귀를 알아듣지 못합니다. 그것은 소도 국제화된 수입 농산물을 먹었기 때문입니다. 이젠 우리 집 소는 어떻게 말해야 알아듣는지 아십니까?

'go!' 해야 가며 'right! left!' 해야 좌우로 가며 'stop!' 해야 서는 우리 집 소를, 당신은 아십니까?"

3.
이것이 그것이고,
그것이 이것이오

* 부안지방

며느리가 시집온 지 1년이 넘도록 시어머니에게 "어머니"라고 부르질 않았다. 시어머니는 며느리로부터 어떻게 해서라도 "어머니" 소리를 들어 보려고 궁리하던 끝에, 하루는 새벽에 몰래 며느리 방에 들어가 속옷을 바꿔 입고 방을 나왔다.

얼마 후, 며느리가 일어나 속옷을 입으려고 보니 제 것이 아니고 시어머니의 것인지라 며느리는 속옷을 들고 시어머니 방으로 가서 속옷을 가리키며 말하였다.

"이것이 그것이고, 그것이 이것이오."

시어머니는 화가 나서 "괘씸한 것, '이것이 그것이고 그것이 이것'이니어서 가지고 가거라."하고 고함을 지르며 며느리의 속옷을 밖으로 내던졌다.

4.
돼지가 하는 것,
내가 어떻게!

* 논산지방

품종이 좋은 수퇘지를 잘 길러서 발정 난 암퇘지에게 수정시켜 주는 것을 업으로 하는 한 노인이 있었다. 하루는 과부댁의 암퇘지에게 수정을 시키려고 수퇘지를 몰고 갔다.

"할아버지, 이번은 잘해 주세요. 전번은 잘못돼서 또 오게 한 것이 아니오."

"돼지가 하는 것, 어떻게 해. 내가 직접 하는 것도 아니고 돼지가 하는 것, 내가 어떻게 해."

"……?"

5.
아내 운전,
남편 짐짝

* 이천지방

조 씨는 억척스런 아내의 농사일 도움으로 농기계를 운전할 기회마저 빼앗겼다. 경운기 운전은 물론이고 이앙기 운전도 몇 번 연습하지 않고 남자들 못지않게 잘한다.

몇 해 전에는 추수한 벼를 경운기에 가득 싣고 달리다가 넘어서서 구사일생으로 살아난 적도 있지만, 농기계 운전에 자신이 있어서 남편에게 운전할 기회를 주지 않고 힘들고 어려운 일을 도맡아서 한다.

이번 추곡 수매 공판장에도 경운기에 벼를 가득 싣고 나왔다. 벼 더미 위에는 남편인 조 씨가 타고 있었다. 그 광경을 본 동리 사람들은 조 씨를 보고 농을 하였다.

"벼 가마니 위에 타고 있으니까 짐짝이 아닌가."

조 씨는 눈 한번 까딱하지 않고 응수하였다.

"내가 그렇게 보이는가. 그럼 나처럼 자가용 운전기사를 둔 사람 있으면 나와 보게."

6.
장군, 멍군

* 인제지방

아주 인색한 농장주가 있었는데, 그는 일꾼이 밥을 먹기 위해 일손을 놓는 게 눈에 거슬렸다. 어느 날, 아침 식사 후 그가 일꾼에게 말하였다.

"여보게, 밭에서 일하다가 들어와서 점심을 먹으려고 몸을 씻고 밥을 먹고 하는 것이 귀찮지 않은가? 아예 점심을 지금 미리 먹고 시간을 아끼는 것이 어떠한가?"

일꾼이 그리하자고 했다. 농장 주인의 아내가 라면과 국수를 가져와서 일꾼은 다시 식사를 하였다.

점심을 먹고 나니 인색한 그 농장 주인이 이번에는 이렇게 말하였다.

"여보게, 기왕 식탁에 앉은 김에 우리 저녁까지 다 먹고 일하는 게 어떤가?"

이번에는 고깃국과 밥이 나왔다. 일꾼은 그것도 먹었다.

"자, 이제 세끼를 다 먹었으니 들에 나가 하루 종일 쉬지 않고 일할 수 있겠군."

그러자 일꾼이 대답하였다.

"천만에요. 저는 저녁을 먹은 다음에는 일을 하지 않습니다."

7.
저승이 대관절
어떤 곳일까?

* 무주지방

저승에 대하여 두 사람이 이야기를 나누었다.

"여보게, 저승이 있다면 대관절 어떤 곳일까?"

"사람이 못 살 곳이 아닐까 몰라?"

"그거야 금방 알 수 있는 일이지. 아마도 그곳은 살기 좋은 것임에 틀림없는 걸세."

"아니, 어떻게 그리 잘 알지?"

"그걸 왜 모르겠나? 만약 저승이 살기 나쁜 곳이라면 이제까지 죽은 사람들이 모두 도망쳐 왔을 텐데 여태껏 누구 한 사람이라도 도망쳐 온 사람이 있었던가?"

"에끼, 이 사람!"

8.
쌍둥이 알[1]

* 창녕지방

한 농부가 암탉 8마리와 수탉 1마리 그리고 오리 수놈 1마리를 키우고 있었다.

하루는 암탉 1마리가 알을 낳았는데 쌍둥이 알이었다. 그 알을 본 수탉이 암탉을 수없이 학대하였다. 오리와 짝짓기 하여 낳은 알인 줄 알고……

---

1 쌍둥이 알 : 쌍란(雙卵)을 말하는데, 노른자가 둘이 들어 있는 달걀(쌍알)

9.

산중 토란과
바닷가 매생이는
뜨거워도 김이 안 나?

* 여수지방

섬진강 강줄기 중간에 위치한 구례. 강이 흐르는 문척 산중 처녀와 섬진강 하류 광양만의 바닷가 골약 총각이 인연을 맺어 혼인을 하게 되었다.

어느 해 초가을, 추수를 하기에 앞서 시집보낸 딸이 친정아버지 얼굴을 보고 싶다며 한번 와 주셨으면 하는 전갈이 있어 아침 일찍부터 서둘러 길을 떠나 골약에 당도해 보니 정오가 훨씬 넘긴 시간이 되었다.

가뜩이나 시장하실 것으로 알고 시아버지께서는 사돈의 식사준비를 서둘렀는데, 그때 마침 바다에서 따 온 매생이[2]로 국을 끓여 밥상을 차려 올리도록 하였다.

시장기가 들 때는 먼저 국물을 먼저 마시는 것이 순서라서, 김도 안 나고 별로 뜨거워 보이지도 않아 국물을 한 모금 마시는 순간, 번갯불

---

2   매생이 :전라남도 지방의 방언으로 오라기가 매우 가늘고 연두색을 띤 해초의 하나(무치거나 국을 끓여 먹음)

이 번쩍이면서 숨이 꽉 막히는 것이 꼭 죽는 줄로만 알았다. 사돈 앞에서 체면은 차려야 하겠기에 태연한 척하였지만, 뜨거운 국물에 덴 입안이 말이 아니었다.

어려운 사돈집에서 있는 일인지라 부르튼 입을 부여잡고 음식을 제대로 들지도 못하고 고생고생하였던 바, 고향에 돌아온 산중 사돈은 바닷가 사돈의 답방을 기다리는 어느 날 김이 나지 않은 토란이 제격이라 생각해 내고, 토란국으로 사돈을 골탕 먹였다는 재미있는 이야기다.

10.
감자를 구워
먹다가

* 창녕지방

시골에서 군것질할 거리가 별로 없던 시절엔 감자를 구워 먹는 게 유일한 군것질이었다. 집안 식구들 모두 보리타작과 모내기를 못해 애태울 때, 꼬마 형제 둘은 감자를 구워 먹을 생각으로 감자 5개와 성냥을 들고 뒷동산에 쌓아 둔 나뭇더미 사이로 들어갔다.

작은 솔가지와 마른 솔잎을 모아 놓고 그 속에 감자 5개를 묻은 다음 불을 붙였다. 그런데 이게 웬일인가. 마른 솔잎에 불이 붙는가 싶더니, 갑자기 양쪽 나뭇더미로 불이 옮겨 붙는 게 아닌가!

꼬마 형제는 겁에 질려서 불을 끌 엄두도 못 내고, 불길을 피하여 달아나기에 바빴다. 큰놈은 어딘가 숨어 버리고, 작은놈은 집으로 달려가서 아빠에게 불이 난 것을 알렸다. 아빠가 불을 끄려고 뒷동산에 올라갔을 때는, 이미 나뭇더미가 다 타 버린 뒤였다.

아빠는 감자를 구워 먹으려다 나뭇더미를 태운 아이들을 나무라지 않았다. 겁에 질린 아이를 나무라다가 자칫 정신적 충격이 배가될 수 있으므로, 평상시와 조금도 다르지 않은 태도로 보살펴 주었다.

그들이 커서 친구들과 어울릴 때는, 친구들이 가끔 옛 기억을 되살리며 이렇게 말하였다.

"꼬마 형제야, 이제 감자 다 익었을 거다. 감자 꺼내 먹으러 가자."

11.
일거양득되는
메뚜기 사냥

* 보은지방-2017

메뚜기에는 여러 가지 종류가 있다. 방아깨비, 풀무치, 팥중이, 삽사리 등도 메뚜기와 같은 종류이다. 벼메뚜기는 농작물을 갉아먹는 해충이다.

황금 들판도 고개 숙여 인사하고 나락 잎들도 서리님 내려와 누렇게 할배가 되었다. 요즈음은 친환경농법을 써서 그런지, 메뚜기가 많아 보인다. 어릴 적에 메뚜기를 잡아 구워 먹던 생각이 나서 오늘은 메뚜기 사냥을 하기로 했다. '메뚜기 한 말 먹으면 외짝 문으로 드나들지 못한다.'는 말이 있듯이 영양이 풍부한 곤충이다.

2016년 초가을, 보은군 보은읍 들녘을 끼고 있는 숲속을 뒤졌다. 메뚜기가 풀잎에 주렁주렁 매달려 있다. 언뜻 보기에 서로 사랑을 나누는 메뚜기도 있고, 꿈꾸는 메뚜기도 눈에 띈다.

메뚜기는 야맹성이기 때문에 야간 전등불을 비추면 꼼작도 하지 못한다. 이때 준비해 간 자루에 들어가도록 훑어 쓸어 넣었다. 이러다 보면 하룻저녁에 넉넉하게 1말 내지 3말은 잡는다. 벌이도 짭짤하다.

이처럼 농민에게는 해충을 없애 주고 수입도 낼 수 있으니 꿩 먹고 알 먹는 일거양득되는 메뚜기 사냥이 아닌가. 농민들이 여가를 즐기는 놀이의 하나로 마냥 즐겁기만 하다.

12.
혼내지 않을 테니
나와라

* 대전지방

농촌에서 또래 아이들이 어른들이 담배를 피우는 흉내 놀이를 하였다. 한 아이가 부엉이가 방귀를 뀌어서 생겼다는 한쪽으로 구부러진 나뭇가지를 장죽처럼 입에 물고 담배를 피우는 시늉을 하였다.

"어떠냐? 나도 어른이다. 에헴."

"아이, 시시해. 정말로 피워 보자."

한 아이가 집에서 숨겨 온 성냥갑을 내보였다. 한 아이는 누렇게 바랜 마분지 쪽지를 가져오고, 한 아이는 마른 호박잎을 손에 비벼서 담배의 대용품을 만들었다.

아이들은 마을에서 제일 큰 볏짚 더미 사이로 살금살금 숨어 들어가서, 호박잎 담배에 불을 붙여 가지고 한 번 쭉 빨았다.

"켁, 켁!"

누구랄 것도 없이 구역질을 하면서 더 이상 피우지 못하고 호박잎 담배를 볏짚 더미에 버렸는데, 그 순간 볏짚 검불에 붙은 불이 순식간에 볏짚 더미로 옮겨 붙었다.

아이들은 손이 데이고 머리를 그을리면서 필사적으로 불을 껐다. 그러다가 그만 숨이 차서 걸음아 나 살려라 하고 도망쳐서 산기슭에 숨었다.

"꽝– 꽝– 꽝–!"

마을 쪽에서 다급하게 징 소리가 울렸다. 마을 사람들이 불길이 하늘 높이 솟아오르고 있는 볏짚 더미에 하나둘 모여들고 있었다. 여자들은 물동이를 머리에 이고, 남자들은 쇠스랑을 들고 달려가고 있었다. 그런데 그들의 힘으로는 불길을 잡지 못하여 볏짚 더미는 얼마 안 가서 잿더미가 되고 말았다.

아이들은 그 광경을 바라보면서 파랗게 질렸다. 집으로 돌아갈 엄두가 나질 않았다. 어른들에게 호되게 혼날 것을 생각하면 단 한 발짝도 떨어지지 않았다.

이윽고 날은 서물고 주위가 어둑어둑해졌나. 너욱이 추워서 견디기 힘들었다.

"얘들아, 무섭지 않니? 이제 그만 집으로 가자."

한 아이가 울면서 말하였다. 아이들이 크게 혼날 것을 각오하고 마을로 내려가려는데, 마을에서는 여러 개의 등불이 산기슭 쪽으로 다가오고 있었다.

"얘들아! 어디 있니? 혼내지 않을 테니 나와라."

어른들이 아이들을 애타게 찾는 목소리였다.

13.
힘센 만큼이나
여자가 하자는 대로
한다고

* 군산지방

체중이 50㎏이나 될까 말까 한 30대 후반의 나약한 농부와, 70㎏은 족히 넘어 보이는 부인이 트랙터에 벼를 가득 싣고, 공판장에 도착하여 벼 포대를 내리고 있었다. 남자는 씨름하다시피 힘이 겨운데, 부인은 체격만큼이나 홀가분하게 다룬다.

옆에 있던 한 동네에서 사는 부인이 말을 한다.

"저 집은 힘이 센 만큼이나 여자가 하자는 대로 한다."

그 말을 들은 한 농부가 얼른 대꾸한다.

"그래도 레슬링만 하면 문제없이 자기가 이긴다."

그러자 곁에서 듣고만 있던 검사원이 거든다.

"프로레슬링은 일부러 져 주기도 하지요."

귀를 쫑긋이 세우고 듣고 있던 농부는

"그래요, 가끔 져 주기도 하지요."

왁자지껄 웃음바다가 공판장에 가득하게 퍼져 나가자 한곳으로 이목이 집중되고, 그들 부부는 신명이 나는지 그 부인의 답인즉

"오늘 저녁 누가 이기나 한번 해 봅시다."

잠깐 웃고 나니, 그네들 얼굴에 수심은 간 데 없고 환한 모습이다.

"자, 그러시면 빨리 검사하고 프로레슬링 구경하러 갑시다."

14.
수박 헬멧

* 합천지방

삼가면 외토리 신정부락에 이ㅇ이라는 농민이 살고 있었다. 그는 언행 하나하나가 남을 잘 웃기고 꾀 많기로 이름난 사람이다.

보리 매상을 하는 어느 날, 맥주보리 매상을 일찍이 마치고 헬멧을 쓰지 않은 채 오토바이를 타고 귀가하고 있는데, 교통순경이 도로에서 단속을 하는 것이 아닌가?

이를 피하려던 이 씨는 한시가 급한 나머지, 인근의 자기 수박밭으로 달려가서 큼직한 수박 한 통을 따 왔다. 그러고는 이를 두 쪽으로 나누어 한쪽 수박을 여유 있게 천천히 파먹은 다음, 이를 머리에 뒤집어 쓰고 단속하는 곳을 천연덕스럽게 통과했다.

단속 경찰관이 이를 보았으나 하도 어이가 없어 눈감아 주는 바람에 단속에 걸리지 않고, 이 씨는 다행히도 무사히 지나칠 수 있었다 한다.

15.
고추 탄저병과
미인계

* 음성지방-2017

농사란 한 줌이라도 아니 한 톨이라도 더 거두기 위한 철저한 자연과의 싸움이다. 하늘에 매인 농사이기에 날씨가 가물면 기우제(祈雨祭)를 지내고 장마지면 기청제(祈晴際)를 지내 풍년농사를 기원한다. 이와 같이 자연을 통하여 얻어지는 증산은 농민의 종교요 신앙이다.

농사를 재미있게 짓는 사람들의 특별히 다른 점은 지금 짓고 있는 작물을 의인화(擬人化) 해서 살아 있는 존재로 생각하여 그 뜻을 정성껏 작물에 전달하여 자신의 염원을 이루려 한다.

고추는 의인화의 재료에 자주 등장한다.

불의 대항하는 마을을 고추에 대한 의인화를 통해 재미있게 풀어내고 있는 "짱구의 고추밭 소동"이라는 동화도 있지만 고추 농사를 망치는 탄저병을 물리치고 풍년농사를 이루고자 고추를 의인화한 미인계가 등장한다. 왜 고추밭에 미인계인가.

고추는 생김새의 유사성으로 인하여 남성의 성을 상징한다. 예전에는 아녀자들이 출산하면 사람들의 출입을 막기 위해 대문에 숯을 끼운 금줄을 걸었다. 그런데 아들을 낳았을 때는 금줄에 고추를 매달아 이웃사람들에게 사내아이를 낳았음을 알렸던 것이다. 그러다 보니 고추는 당연히 남자를 상징하는 말이 되어버렸다.

이 고추밭에는 과부가 나타난다.

의인화에 의한 음양배합의 섭리에 의한 나타남이리라. 그러면서 고추밭에는 과부가 드나들어야 잘된다는 말이 있다. 그 이유는 과부의 치마폭에서 나오는 바람처럼 통풍이 잘 되어야 하기 때문이다.

어느 날 밤바람 쏘이려 밖에 나와 더위를 식히고 있는데

깊은 밤은 아니지만 과부가 고추밭에 나타나기에 무슨 일을 하는 지 살펴보았다. 아니, 저런! 옷을 모두 벗어던지도 알몸으로 고추고랑을 이리 저리 신나게 뛰는 것이 아닌가. 보자니 기절초풍할 노릇이다.

이렇게 하면 탄저병도 막고 고추가 무럭무럭 자라서 수확이 짭짤하다는 우스개. 고추농사를 짓는 농민들이 고단한 농사일에 피로를 풀 겸해서 만들어진 의인화에 기대여 농사짓는 농부의 해학이요 염원이기에 그냥 웃어 넘겨보자. 그러면서 이 농민은 다음과 같이 뇌인다.

"고추농사에 미인계로 고추농사에 풍년을 가져 온다면 얼마나 좋으랴만 그보다는 고추밭을 주의 깊게 관찰하여 발병되기 전에 소독을 자주 해 주는 것 이외는 방법이 없는 것 같아 부지런히 살펴서 예방토록 하자"라고 다짐한다.

다섯째 마당

송곳 같은 지혜가
만들어 내는 익살

타인의 의지를 움직이는 것은 하나의 지혜다.

순간적으로 떠오른 송곳 같은 재치나 번쩍이는 지혜 때문에 타인의 행동,

의지에 영향을 주어 의도된 위기를 모면하거나 분위기를 바꾸어

웃음을 만들어 긴장을 풀면 이는 삶의 지혜요,

여유이며 생활의 활력소다.

1.
박실이 박,
몽실이 몽

* 함평지방

1960년대 초 해남군의 어느 곳에서 박몽실이라는 사람이 농사를 짓고 살았다. 하루는 산에 풀을 베러 갔다가 풀 속에 소나무 가지 몇 개를 숨겨 가지고 집으로 돌아오는 중도에서 산감(산림감시원)에게 발각되었다.

"소나무를 베면 어떻게 되는 줄 아오?"

"잘못했습니다. 한 번만 용서해 주십시오."

산감은 몽실의 간청을 아랑곳하지 않고 입건하는 순서를 밟았다.

"이름이 뭐요?"

"박몽실이오."

"한자로 무슨 자, 무슨 자요?"

"박실이 박, 몽실이 몽, 몽실이 실 자요."

산감이 기록을 못하고 멍하니 한참 있다가 피식피식 웃으며 말하였다.

"그런 한자가 어디 있어요? 재미나는 사람이군. 다시는 나무를 베지 않도록 해요."

2.
어때요?
댁의 고양이가 얼마나
좋아하겠습니까?

* 금산지방

임 씨는 다른 곳으로 이사를 가려고 자기가 살고 있는 집을 내놓았지만 사려는 사람이 나타나지 않았다.

그러던 어느 날, 한 사람이 그 집을 사겠다고 하면서 집을 보러 왔다. 임씨는 그 사람을 놓치지 않고 꼭 팔아야겠다는 생각에, 집을 한 바퀴 돌아보고 있는 그 사람에게 뒷마당 자랑을 늘어놓았다. 뒷마당이라야 작은 창고가 하나 있을 뿐이었다.

"논밭 일을 마치고 농기구를 보관하기에 아주 편리합니다. 경운기를 직접 몰고 들어올 수도 있고, 어디 그뿐입니까? 애들이 자전거를 탈 수도 있고 보관하기에도 안성맞춤이지요. 보세요. 이만하면 널찍하지 않습니까?"

그가 이렇게 말하며 창고 문을 활짝 열어젖히자, 창고 안에서 놀란 쥐가 뛰어나오는데 시골 창고에 쥐가 어디 한두 마리뿐이랴. 운수 사납게도 줄을 이어 세 마리의 커다란 쥐가 달려 나오더니, 그중 한 마리가 집을 보러 온 사람 앞을 확 지나갔다.

깜짝 놀란 그 사람이 비명을 지르자, 그는 한마디 거들었다.

"어때요? 댁의 고양이가 얼마나 좋아하겠습니까?"

3.
속이고,
속이고

* 대전지방

보리 수확을 하랴, 모내기를 하랴 몸이 열 개라도 부족했던 어렵고 힘든 고비를 넘어서 몸이 지칠 대로 지쳐 있을 때, 농가에 꿀 장사 아주머니가 찾아왔다.

"이 꿀은 올해 처음으로 강원도 깊은 산속에서 딴 토종 아카시아 꿀인데, 꿀이 너무 좋아서 우리 집에서 먹으려고 하다가 갑자기 돈 쓸데가 생겨서 가지고 나왔어요. 돈은 나중에 주셔도 되니까 우선 자셔 보시고……."

이 말에 솔깃한 주인아주머니가 농사일에 지친 남편의 영양을 보충하려고 꿀을 한 병 외상으로 들여놓았다. 그리고 논에서 힘들게 일하고 돌아온 남편에게 꿀을 한 컵 물에 타서 주었다.

"토종꿀이래요. 먹어 보고 나서 돈을 주기로 했으니까 틀림없이 진짜일 거예요."

"그럼, 믿어도 되겠구먼."

남편은 아내가 끼니때마다 주는 꿀을 받아먹고는 꿀맛이 어쩐지 이상

한 것 같아서 양봉하는 사람에게 먹던 꿀을 보이니, 진짜 꿀처럼 맛만 나게 한 가짜 꿀 같다는 것이다.

며칠이 지나자 꿀 장사 아주머니가 찾아왔다. 주인집 아주머니는 먹다 남은 꿀을 내놓으면서 버럭 소리를 질렀다.

"농촌 사람은 아무것도 모를 줄 알고 이런 가짜 꿀을 팔았소? 당장에 못 가져가요?"

"아니, 꿀을 먹고 나서 오리발 내미는 것 봐. 가짜라는 것을 어디 증명해 봐요. 꿀을 공짜로 먹겠다는 심보인데, 어디 그렇게는 안 될 걸?"

꿀 장사 아주머니는 오히려 기세가 당당하였다.

"그렇게 당당하면 여기에서 꼼짝 말고 있어요. 우리 집 양반에게 알려서 콩밥을 먹게 할 테니."

"뭐가 어째? 새수가 없으려니까."

꿀 장사 아주머니는 당당하던 기세가 일순에 꺾이면서 뒤도 돌아보지 않고 쏜살같이 도망을 쳤다.

"콩밥 먹는 것은 무서운가 보지? 저런 못된 것 같으니라고……."

주인아주머니는 가짜 꿀 때문에 꽉 막혔던 가슴이 확 뚫려서 시원하였다.

4.
아유! 당신도
순진도 하지!

* 김해지방

두 부부가 저녁상을 놓고 대화를 나누었다.

"여보, 세상엔 악한 사람이 많아요. 눈만 돌려도 속이는 세상이라니까요. 글쎄, 오늘 점심때 돼지고기를 사고 거스름돈을 받았는데, 천원 지폐의 양쪽 번호가 틀린 엉터리 돈이지 뭐요."

"그런 나쁜 친구가 있나! 어디 그 돈 좀 봅시다."

"아유! 당신도 순진하긴! 제가 그 돈을 가지고 있을 것 같아요? 달걀 사면서 다른 돈 사이에 끼워서 줘 버렸어요."

5.
면장이
그것도 몰라?

* 광주지방

농촌은 살기가 어려워졌다. 농사를 지어서는 수지가 맞지 않아 생활
이 여러모로 곤란하였다. 자녀들이 학교에 다니는 것도 어렵고 교육
비도 많이 들며 의료기관이 멀어서 몸이 아플 땐 더욱 힘이 들었다.
그래서 젊은이들은 돈벌이가 좋은 도시로 나가 농촌은 고령화되었고,
농사철엔 일손이 턱없이 부족하였다. 이제 대가족이 함께 살았던 지
난날처럼 남자에게만 농사일을 맡길 수는 없었다. 아낙네들도 남자들
못지않게 품앗이로 농사일을 하였다.

어느 날 오후, 김가네 논에서는 아낙네들의 모심기가 한창이었다. 어
린 영식이는 엄마가 모를 심는 논둑 신작로 옆에서 지루하게 흙 놀이
를 하고 있었다. 함께 놀아 줄 동무가 없었다. 영식은 그 마을에서 유
일한 어린이였기 때문이다.

마침, 그곳을 면장이 지나가다가 혼자 놀고 있는 영식이의 말동무를
하여 줄까 하고 그 옆에 앉다 보니 삼베 바지 사이로 고추가 보였다.

"영식아, 이게 뭔지 아니?"

"……."

"이게 뭐냐 말야."

면장이 몇 번이나 그 고추를 가리키며 되묻자, 영식은 엉엉 울면서 엄마가 모를 심는 논으로 뛰어 들어갔다. 영식이 엄마는 속이 뒤틀려서 면장에게 큰소리를 쳤다.

"면장이 그것도 몰라요?"

"……."

6.
"효과 봤다"고

장수지방

이 노인은 입담 좋고 허풍을 잘 치며 고집 세기로 유명해 인근에서는 이름보다는 '엄포'라고 부른다. 양봉을 생업으로 하고 살며, 마을에서 멀리 떨어진 산등성이에 간이 움막을 짓고 봄부터 가을까지 그곳에서 산다. 이 노인의 외모는 작은 키에 깡마르고 눈은 조그마하며 옷차림새는 엉성한 모양에 땟물이 흐른다. 몇 해 전 겨울, 심심하던 차에 서울 사람 골탕을 먹여 주고, 용돈을 벌 겸해서 토끼 똥에 꿀을 바른 후 고소한 영양제로 옷을 입혀서 서울에 갔다.

"나는 지리산에서 살고 있는데 지리산에서만 나는 진귀한 정력제를 가지고 왔다. 이것을 한번 복용하면……."

노인은 그럴듯한 거짓말로 그것을 비싸게 팔았다. 그 소식이 마을에 퍼지자, 한 이웃 사람이 걱정이 돼서 노인에게 말하였다.

"사기 치고 다니지 말고 마음을 고쳐먹게."

그러나 노인은 아무렇지 않게 대답하였다.

"사기는 무슨 놈의 사기, 효과 봤다고 오늘 아침에도 또 사러 왔다네."

7.
현대판 팔불출

거창지방

요즘은 농촌에도 자동차가 즐비하다. 자가용 승용차를 가지고 있는 농가도 있고, 트럭은 대부분의 농가에서 가지고 있다.

설 때나 추석 명절 때는 고향을 찾아온 차들로 농촌도 주차난이 심각하다. 국산의 각종 승용차뿐만 아니라 외제 승용차도 있고, 1톤에서 20톤 트럭까지 몰려와서 마치 차량 전시장 같다.

그래서 가끔 꼴불견인 차들이 목격되어 농민들의 실소를 자아내다 못해 식상하기까지 한다. 대충 그런 팔불출 같은 꼴불견을 찾아보면 다양하다.

• 그랜저에 임시 넘버를 달아 놓은 것.

• 외제 승용차에 '초보운전'이라는 스티커를 부착한 것.

• 프라이드에 요란하게 외부 장식한 것.

• 티코에 안테나가 2개 설치된 카폰을 부착한 것.

• 주차를 잘못해서 다른 차의 발목을 묶어 놓은 것.

이런 광경을 본 어느 농민이 이렇게 말했다.

"경운기는 주차위반도 없고 과속도 없으며 음주운전 단속도 없으니,
내가 제일 행복한 사람이네."

8.
거짓말에 속았으니
사위로 맞으세요

* 고성지방

옛날 외동딸을 둔 한 사람이 사위를 구하는 광고를 하였다.

"누구든지 1년간 우리 집에서 머슴을 살면서, 거짓말을 잘하면 새경도 주고 사위로 삼겠다."고 광고를 보고 찾아온 여러 놈이 머슴살이를 했는데, 1년 후에 거짓말을 제대로 못해서 새경도 못 받고 쫓겨났다.

그러던 중 한 놈이 그 집에 들어가서 1년을 살고 나서 거짓말을 할 때가 되었다. 하루는 점심때에 기다려도 밥이 나오지 않자, 머슴은 딸에게 헐떡거리며 달려갔다.

"아이고, 호랑이가 아버지랑 어머니를 물고 갔소."

밥을 짓고 있던 딸이 깜짝 놀라 밭으로 달려갔다. 머슴은 딸보다 한발 앞서 밭으로 달려가서 숨넘어가는 소리로 말하였다.

"큰일 났어요. 집에 불이 났어요."

놀란 부부가 집으로 달려가다가 집에서 달려오는 딸과 마주쳤다. 머슴의 거짓말에 속은 부부와 딸은 억울했다.

"불이 났다고? 이 거짓말쟁이 머슴 놈아!"

"호랑이가 어쨌다고……."

머슴은 싱글벙글 웃으며 말하였다.

"어서 나를 사위로 삼으세요."

9.
거지
'쌀 동냥 변천사'

* 창녕지방

일제시대 : "쌀, 그런 것도 있간디?"

해방이후 : "쌀 구경이라도 해 봤으면……."

1960년대 : "어젯밤 꿈에서 쌀 동냥했느니……."

1970년대 : "보리 쌀 말고, 통일 쌀이라도 한 줌 줍쇼."

1980년대 : "무거운 쌀 말고, 가벼운 돈 한 푼 줍쇼."

1990년대 : 쌀 왈 "거지조차 나를 본 체도 않으니……."

10.
우리의
영농사營農史

* 함안지방

【일제치하】손발이 다 닳도록 힘들게 일하여 수확한 쌀을 농민은 먹어보지도 못하고, 공출이라는 이름으로 수탈당하였다.

【쌀 자급자족】쌀이 부족하니 수확량이 많이 나는 통일벼를 심으라고 독려하면서, 일반 볍씨를 파종한 못자리를 뭉개고 통일벼 못자리를 다시 만들게 하였다.

【영농기술 보급】보리 이식 재배를 하면 수확량이 늘어나는데 품이 많이 들어서 기피하는 농가나 부락을 단속하는 방법으로 밀주 단속, 불법 임목 벌채 단속을 하였다.

【질이 좋은 쌀 생산】통일벼는 수확은 많이 되나 밥맛이 좋지 않아서 수매를 중단하고, 수확은 떨어지지만 질이 좋은 일반 벼의 재배를 권장하였다.

【UR협상 반대】수입한답시고 우리 물건은 싸게 팔고 외국산은 비싸게 수입하였다.

11.
묻는 까막눈,
듣는 까막눈

* 통영지방

자유당 때, 촌로와 신사 사이의 양복에 얽힌 이야기이다. 경남 통영 군 사량섬 돈지 부락 마을의 유지인 50대 후반의 촌로가 서울로 시집 간 딸네 집에 가려고 한복을 정갈하게 차려입고, 사량섬에서 객선을 타고 5시간 걸려서 부산역에 도착하였다.

서울로 가는 기차 시각과 요금을 알아야 하는데, 촌로는 까막눈이라 어정쩡하고 있었다. 그런데 마침 양복 입은 신사 한 분이 지나갔다.

"선생님, 서울 가는 기차가 몇 시에 있습니까?"

신사는 들은 체도 하지 않고 지나갔다. 촌로는 괘씸한 생각이 들어서 혼자서 중얼거렸다.

"양복 입은 놈이 기차 시간도 모르고……."

그런데 몇 발자국 지나가던 양복 입은 신사가 돌아서더니 촌로를 노려보며 말하였다.

"당신! 방금 무어라고 했소?"

촌로는 겁에 질려서 자기가 까막눈이라는 것을 사실대로 말하였다.

그랬더니 신사가 갑자기 태도를 바꾸어 자기 양복 윗도리를 벗어서 촌로에게 입히는 것이 아닌가.

"당신이 양복을 입었으니 이제 기차 시각이 보입니까?"

촌로는 더욱 어리둥절하였다. 도깨비에게 홀린 기분이었다.

"양복 입은 양반아! 양복을 입고 보니 양복 입은 사람의 심정을 알겠소? 나도 알고 보면 까막눈이라오."

12.
시골 머슴이
한양 선비 놀려먹어

*대전지방

어느 날 서울에서 점잖은 선비 한 사람이 시골에 살고 있는 친구 집을 찾았다. 친구는 반갑게 맞이하여 정담(情談)을 나누고 있는데, 때마침 밥상이 들어온다.

밥상 위에 삶아서 올려놓은 닭고기가 매우 먹고 싶었던 머슴은 속으로 저 고기를 먹기로 마음먹고, 밥상을 방에 들고 들어가서 선비 앞에 정중히 놓으면서 "죽은 닭고기 잡으세요."라고 말하며 방에서 나왔다. 이 말을 들은 선비는 '죽은 닭고기'란 말에 마음이 편치 않았다. 그래서 닭고기에는 손 한번 대지도 않았다.

식사가 끝난 뒤, 머슴이 다시 방에 들어가서 상을 물리면서 "한양에서는 산 닭고기만 먹나?"라고 말하며 방을 나왔다.

그 말을 들은 한양 선비는 "아차, 저놈의 머슴한테 속았구나!"하고 무릎을 탁 쳤다.

그 꾀에 속아 준 한양 선비 덕에 머슴은 좀처럼 먹기 어려운 닭고기를 포식할 수 있었다.

13.
'늙은고기'란 말,
조심해라

* 인제지방

늙은 돼지고기를 파는 푸줏간 주인이 일하는 점원에게 "앞으로 손님 듣는 데서 절대로 '늙은 고기'라고 말을 해서는 안 돼."하고 일러 두었다.

이윽고 손님이 왔다. 그러자 점원이 하는 소리가, "손님, 우리는 절대로 늙은 고기를 팔지 않습니다."하고 다짐한다. 그러나 손님은 그 말에 눈치를 채고 그냥 말도 없이 나가 버렸고, 주인은 화가 잔뜩 났다.

"늙은 고기라고 해서는 안 된다고 그토록 이야기하지 않았니?"

그러면서 아이의 머리에 알밤을 주었다.

한참 있으니 손님이 또 왔다. 손님이 고기를 보고, "이 고기는 아무래도 늙은 고기 같구나!" 한다. 그러자 아이가 주인을 돌아보고 하는 말, "이번에는 제가 말한 게 아닙니다."

14.
피장,
파장

* 부안지방

서울깍쟁이가 시골 깍쟁이를 골탕 먹이려고 서울의 제일 큰 숯불고깃
집으로 안내하였다. 들어서자 불고기는 냄새가 식당 안을 진동한다.
이에 시골깍쟁이가 입맛을 다시며 맛이 있겠다고 말을 하자, 서울깍
쟁이가 돈을 내라고 한다.

그러나 시골 깍쟁이가 가만 생각해 보니 불고기 한 점 먹지도 않고
냄새만 맡고 돈을 낼 생각을 하니 억울해서 꾀를 내기로 했다. 시골
깍쟁이는 엽전을 내보이며 두 손안에 넣고 딸가락, 딸가락 소리만
냈다.

고기 냄새만 맡고 돈을 내라는 서울깍쟁이나, 돈 소리 만 들으라는 시
골 깍쟁이나 피장파장……

15.
신방 엿보기

* 구례지방

이 무슨 변고란 말이냐! 신랑 신부가 처음 함께하는 잠자리를, 그 신성한 의례를 남녀노소, 빈부, 귀천을 막론하고 엿보다니…….

남의 행위를 몰래 훔쳐본다는 그 놀라움. 신성불가침 하여야 할 남의 잠자리를 본다는 것은 봉건시대에서나 할 법한 일이시만, 오늘날 서양의 까발려 놓는 개방풍조의 맹물보다야 은밀하고 설렘으로 무엇인가 함께 묻어오는 것 같은 속삭임으로 훨씬 깊이가 있어 멋지지 않은가!

신방을 엿보는 것은 조혼에 비롯된다. 가산과 가계(家系) 전승에 큰 뜻을 두고 있었던 그 옛날, 결혼은 대개 조혼을 시켰다. 따라서 나이 어린 신랑 신부가 어떻게 초야를 치르는지는 큰 관심거리였다. 혹여 울지는 않을까?

오히려 극성스레 다투며 신방을 보려는 사람들의 수군거림에 신랑 신부는 두렵기도 하고 울기도 했을 것이다. 사람들이 지켜보지만 않는다면 더 잘할 수도 있는데 말이다.

"아이고, 뭘 그리 오래 보우? 나도 좀 봅시다."

"이 아지매, 왜 밀고 그라요? 저것들 잘헐까 몰라."

"늙수그레한 김 서방보다야 낫겠지."

"뭐라꼬? 이 여편네, 못하는 소리 없네!"

호기심 많은 동네 아주머니들은 끝없이 이어지는 수다에 밤 깊어 가는 줄을 몰랐다.

엿보는 이유에 대해서는 그럴 만한 견해도 있다. 혹시라도 등잔을 잘 다루지 못해 발생할 위험이 있는 화재를 예방하기 위함이라거나, 잠 자리에서 갑자기 무슨 일이 생길지도 몰랐기 때문이라고도 하며, 상 대가 마음에 안 들어 몰래 도망치는 일을 막기 위해서였다고도 한다. 또한 신방을 엿보는 풍습은 신랑 신부에게 조바심 나게 하는 하나의 해학이 담긴 풍습이기도 하다. 이제 이 풍습이 사라져 간 것은 당연해 보이기는 하지만, 우리 조상들의 멋진 유머가 사라진 것 같아 아쉬움 이 남는다.

16.
막걸리 마신
밀주 단속원

* 무안지방

1960년대만 해도 우리 농촌은 참으로 살기 어려웠다. 대개 논밭의 수확은 생계를 유지하면 다행이었으며, 집에서 쓸 돈을 마련하기란 한두 해 키운 가축이나 시장에 내다 파는 일 외에는 별 다른 방법이 없어 막연했다.

당시에 농촌 마을 사람들이 가장 무서워했던 것이 밀주단속(密酒團束)이었다. 눈과 눈으로, 울타리 너머로 "술 조사 동네에 떴다!"하는 소리에 온 동네 사람들이 벌벌 떨었다.

사실이지, 관혼상제를 제쳐 놓고라도 힘든 일을 일 년 내내 치러야 하는 농촌에서 밀주를 담그지 않은 집은 거의 없었다. 더군다나 집안 살림에 쓰는 돈이 귀한 터에 읍내 양조장에 몇 백 원의 현금을 치르고 술을 사다 쓰는 일은 마치 호사스런 사치쯤으로 생각하던 당시의 사정 때문에 더욱 그러했다.

하루는 동네 품앗이로 우리 집 초가지붕을 이는 날이었다. 오후 참[1]을 들기 위해 막 쉬려는데 낯선 신사 한 분이 들이닥쳤다. 동네 맨 꼭대기에 위치한 우리 집은 그 방면에는 늘 취약할 수밖에 없었다. 때마침 부엌에서는 참에 내놓으려고 어머니께서 걸러 놓은 구수한 막걸리 냄새가 진동하고 있었다.

부엌에서 내오던 밥상으로 낯선 신사의 부엌 진입을 제지한 어머니께서는 그를 잠깐 마루에 앉게 한 뒤 다시 부엌으로 들어가셨다. 엉겁결이었지만 냉수라도 우선 한 사발 드리려는 눈치로 보였다.

그런데 정작 어머니께서는 들고 나오신 사발에는 김이 모락모락 오르는 막걸리가 담겨져 있는 게 아닌가! 황급히 고개를 넘어 왔음직한 낯선 신사는 하는 수 없이 어머니께서 내민 막걸리 한 사발을 달게 들이키더니 고개를 꾸벅하고는 황급히 사립문을 빠져나가는 것이 아닌가? 같은 날 십여 명이 관가에 고발되고 몇 천 원씩이라는 거액의 벌금을 물게 되었다는 이웃 동네들과는 달리, 우리 동네에서 술 조사에 적발되었다는 소문은 전혀 없었다.

그로부터 몇 달 후, 읍내를 출입하는 동네 이장을 통해 이런 말을 전해 들었다.

"우리 동네에 참 지혜로운 젊은 아낙네가 한 분 계시다!"고

---

1 참 : 일을 하다가 일정하게 쉬는 짬에 먹는 음식

17.
술주정뱅이의
말재주

* 함평지방

함평군 ○○면 ○○리에 사는 유 씨는 ○○면 일대에서는 그야말로 지나가는 강아지도 알아보는 천하의 술주정뱅이! 하루라도 술이 없으면 못사는 사람으로, 술을 위해서 태어났다고 해도 과언이 아니다.

1992년 12월 중순, 일찍이 추곡수매를 마친 유 씨는 한 동네 사람들과 술집에서 거나하게 술을 들던 중이었다. 그러다 논 경작 문제로 함께 술을 들던 사람끼리 말다툼이 벌어져 주먹 싸움으로 발전하였다.

급기야는 맞은 사람이 경찰에 고소하는 사태가 벌어져 때린 사람이 구속되어 재판을 받게 되었다. 이에 그 자리에 있던 술주정뱅이 유 씨는 참고인(증인) 자격으로 법정에 서게 되었다.

그날도 한 잔 얼큰하게 걸친 술에 불콰한 얼굴로 재판장 앞에 선 유 씨에게 판사가 물었다.

"참고인, 두 사람이 싸우는 데 옆에 있었습니까?"

이에 유 씨가 "같이 술을 마시고 있었습니다."라고 대답을 하자, 판사가 다시 "그러면 이 사람이 저 사람을 몇 대 때렸습니까?"라고 물었다. 그러자 유 씨는 "재판장님! 저는 때리는 것만 보았지, 숫자를 세어 보지 않아서 모르겠습니다."라고 대답하여 법정을 웃음바다로 만들었다.

유 씨는 한동네 사람 싸움에 누구 편도 들지 않는 명대답을 함으로써 동네 인심을 잃지 않았다.

18.
반장도 끗발이
세구나?

* 예산지방

매년 추곡 수매를 할 때는 정부에서 사전에 몇 포대를 며칠에 어느 공판장에 내오도록 각 농가에 사전 통보한다. 이때 그 양이 많으면 분할 출하하도록 하기도 한다. 그러면 일정에 따라 공판장에 내오면 수매가 이루어지는데, 농민의 입상에서는 되노록 빨리 하되 한 번에 모두 출하하여 매상을 하고 싶어 한다.

이때 동리 반장은 다른 사람이 수매 준비를 미처 하지 못해서 지정된 날짜에 출하를 못하면 자기의 출하분을 대신 출하하는 사례도 있다. 이를 안 부락민은 "왜 반장만 일시에 수매를 다 하느냐?"고 항의한다. 이때 반장은 "아무개가 출하 준비를 미처 하지 못해서 그렇게 되었다. 반장은 무보수로 동네일을 보면서 그 재미도 못 보느냐? 그러면 네가 반장 해라!"하고 되받으며 호통을 치니, 그 말을 듣고 부락민은 고개를 끄덕이며, "그러고 보니 반장도 끗발이 참 세구나."

19.
한자로
빽빽_{金米力}자를
아시나요

* 마산지방

1960년도 전후, 우리 농촌의 경제 사정은 부락의 몇 사람을 제외하고는 모두가 어려웠다. 그러나 어떻게 하더라도 자식만큼은 배불리게 먹이고 남이 부러워하는 학교에 보내고 싶은 마음뿐이다.

이 목표를 이루기 위해서는 빽만 있으면 모든 것이 해결되는데, 결과적으로 돈이 빽이 되는 것이다. 한이 많은 어느 사람이, "한자(漢字)로 빽자를 아느냐"라고 묻기에 "모른다."하고 대답하니, "그것도 모르느냐?"라고 하면서 설명하기를, 사람이 돈(金)이 있고, 쌀(식량, 米)이 있고, 힘(力)이 있으면 모든 일이 잘 해결되는 세상이라고 하면서, 한자 빽빽자는 '金米力'과 같이 쓴다고 알려 주었다.

20.
거시기와
내 코끝이 닮지
않았소!

* 고성지방

돼지 한 마리가 길을 가다가 잘못하여 개울로 떨어졌다. 마침 그 길을 농부가 지나가고 있었다.

"여보시오, 나 좀 구해 주시고 가시오."

그러나 농부는 들은 체도 하지 않고 그냥 지나쳐 버린다. 이에 돼지가 큰소리로 농부를 부른 다음, 버럭 화를 내며 "당신은 나와 절친한 사이인데 어찌 그냥 지나치는 것이요?"라며 꽥하고 소리를 지른다.

"무엇이? 어째서 네놈이 나와 친하단 말이냐?"

농부가 화가 나서 말을 했다. 그러자 돼지가 점잖게 말했다.

"당신 거시기와 내 코끝이 많이 닮지 않았소!"

21.
한 수 더 뜬
거짓말

* 고성지방

다른 두 동네에 거짓말을 잘하는 두 사람이 있었다. 하루는 무슨 거짓말로 이웃 동네 거짓말쟁이를 골려 줄까 싶어 궁리 끝에 찾아갔다. 마침 전날은 바람이 하도 심하게 불어 많은 피해가 있었다.

"어제 바람이 하도 심하게 불어 자기만 남고 온 동네 사람이 전부 바람에 다 날려 갔다네."하고 거짓말을 하자, 이웃 동네 거짓말쟁이는 이렇게 대꾸했다.

"그래, 바람이 심하게 분 것은 사실이지만……. 그런데 바람에 날려와 우리 뒷간 거미줄에 걸린 절구통이 자네 집 절구통인가?"

"허허, 졌소이다."

여섯째 마당

가슴 시린
농촌의 삶에 얽힌
이런저런 이야기

농사일은 무엇 하나 쉬운 것이 없다.

농민에게 농사는 당장 코앞에 닥친 생존의 문제다.

도시 사람처럼 삶의 질을 높여 산다는 것은 오히려 사치다.

그나마의 삶을 품어 안기 위해 육신의 고통을 다해도

끝이 없는 그들의 가슴에 서린 응어리는 나무에 박힌 옹이요,

피멍이라 하리만큼 눈물겹다.

이것이 팔자소관이라고 체념하기에는 너무도 가슴 시린 가혹이지만,

누구를 탓하기보다는 스스로에게 숙명이라고 받아들이며 살아온 그들이다.

1.
녹슬어 가는
주인 잃은 농기계

* 양구지방

올해 72세인 박 노인 부부는 농촌에서 단둘이 살고 있다. 슬하에 4남 2녀를 두었는데, 그중 3남 2녀는 춘천과 서울 등지에서 공무원과 회사원으로 다니고 있다.

노부부는 그동안 막내아들을 데리고 논 6,000평과 밭 3,500평을 경작하면서 평안하게 살았다. 그런데 막내아들마저 농사를 지으면 지을수록 빚만 늘고 장래성이 없다는 이유로 도시로 떠나갔다.

창고에 남겨진 경운기와 이앙기에는 먼지가 소복이 쌓였다. 오래 사용하지 않아서 시동도 걸리지 않고, 녹은 그렇게 깊어만 갔다. 경운기는 바퀴 타이어에 공기가 빠져서 비스듬히 누워 있다. 융자금을 받고 어렵게 모은 돈으로 산 농기계가 주인을 잃고 짧은 생명으로 마감하는 것이 안타까웠다.

고철로 변할 날이 머지않은 주인 잃은 농기계를 바라보는 노부부의 얼굴에 수심이 가득하다. 집을 나간 자식에 대한 원망보다도 그렇게 살 수밖에 없는 세상이 원망스러웠다.

2.
우박으로 망친 농사,
얄미운 오리 떼

* 정읍지방

때는 바야흐로 오곡백과가 여무는 결실의 계절이다. 김 씨는 봄부터 피땀 흘려 가꾼 벼를 수확하려고 날을 받아 놓았다.

내일은 벼를 첫 수확하는 날이라서 설레는 마음으로 수확하는 데 필요한 모든 준비를 마쳐 놓았다. 작황이 좋아 평년작을 웃돌 것 같아서 수확하기 전부터 마음이 들떠 있었다.

그런데 웬 청천에 날벼락인가. 한밤중에 함석지붕을 사정없이 내리치는 소리에 밖으로 나가 보니, 아이들 주먹만 한 우박이 폭포가 내리는 것처럼 세차게 쏟아지는 게 아닌가! 김 씨는 한동안 넋을 잃고 멍하니 서 있었다.

이튿날 아침, 논에 나간 김 씨는 가슴이 찢어지는 아픔을 느꼈다. 농수로 하나를 사이에 두고 한쪽 편은 멀쩡한데, 김 씨네 논 쪽은 벼 알 하나도 없이 떨어져 이삭만 빳빳하게 서 있었다. 소나기가 소의 등을 경계로 내린다는데 우박도 그러했다. 우박 맞은 논은 일 년 농사가 쓸모없는 짚으로 변한 것이다.

논바닥에는 벼 알이 누렇게 깔려 있었다. 주워 담을 수도 없었다. 비로 쓸 수도 없었다. 그저 속수무책이었다.

김 씨는 순간 하늘이 노랗게 보였다. 어떻게 지은 농사인데, 뜻밖의 재앙에 이렇게 허물어진다는 생각에 가슴이 찢어진다.

이웃에 사는 사람이 기르는 오리 떼가 우박 피해를 입은 논에 몰려 와서 땅에 떨어진 벼 알을 주워 먹는 광경을 차마 눈뜨고는 볼 수 없었다. 오리가 죽이고 싶도록 미웠다. 그 주인도 미웠다.

김 씨에게는 정말 생각하기도 싫은 86년이며, 잊을 수 없는 86년이었다. 농운재천(農運在天)이라, 농사지어 먹고사는 것도 오로지 하늘이 주는 행운에 매달려야 만 하는 것일까?

3.
50년대의 보릿고개를
아시나요?

* 합천지방

빨래하는 비누도 없는 시절, 무명 팬티에 삼베 등거리를 입고 생활하던 어린 시절, 비가 오면 개울 아닌 집 앞마당에 미꾸라지가 보이던 시절, 이 시절이 바로 환경이 오염되지 않은 깨끗하고 순수한 어린 시절이었다.

봄이면 시래기죽에, 고구마로 연명하며 보리가 채 익지도 전에 베어서 디딜방아에 찧어 보리 꺼럭이 입천장을 쑤시던 보리밥을 먹던 시절, 보리밥이라도 배불리 먹지 못하고, 소 풀 먹이기로 산과 들에 나아가 남의 감자를 캐서 구워 먹던 어린 시절이 지금도 문득문득 생각이 난다.

시골이라야 버스도 다니지 않고 미군이 버린 스리쿼터 정도의 차량이 하루에 한두 번 왕래하던 시절이다. 비료가 없어 벼농사를 지으려면 산에 풀을 베어 논에 깔아 풀물이 벌겋게 우러나와야 그것을 퇴비로 농사짓던 시절이다.

이 시절의 농촌에서는 양식을 1년 미루어 먹고 집 뒤뜰에는 장작(땔감)

이 산더미처럼 쌓여 있는 집이 '등 따습고 배부른 부잣집'이었다. 봄부터 가을까지 농사짓고 겨울이면 산에 나무하고, 밤이면 새끼를 꼬고 가마니를 짜던 시대가 나의 어린 시절이다.

지금은 농촌에도 핵가족으로 가족계획이 되어 있지만, 나의 어린 시절에는 대가족제도라 결혼한 형제들도 한집에서 동거하는 집안이 많았다. 식구는 많은데 식량은 부족하니, 배 불리 먹어 보는 것이 소원이었다.

겨울의 아침이면 그런대로 밥을 먹고 점심이면 동치미에 고구마 삶은 것으로 식사하고, 저녁이면 호박죽, 시래기죽으로 연명해야 했다.

그리고 봄이면 감자를 심어야 하는데, 씨감자 눈을 자르고 난 뒤에 남은 작은 감자 낱알을 어머니가 삶아 주시던 그 맛이란! 지금은 그런 감자의 맛이 어디 또 있을까? 외할머니께서 딸네 집에 오시면 닭국을 끓여 주시던 그 국 맛이란, 지금에 어디서 ㄱ 맛을 찾을까?

어느 곳에서나 흘러가는 개울물을 떠먹을 수 있던 나의 어린 시절, 너무나 가난하고 너무나 순박하고 오염되지 않은 시골 농촌이었다.

4.
부부가 경운기에
손가락 잘리는 운명인가?

* 순창지방

최 씨는 농촌의 가난한 집안에서 태어나 오로지 잘 살아 보려는 일념으로 열심히 농사를 지었다. 농토가 비좁아서 농사만으로는 생계를 불려 나갈 수 없자, 경운기를 구입하여 남의 집의 논갈이를 하고, 탈곡도 하며, 곡식을 운반하는 등 억척스럽게 품삯 일을 하였다.

그래서 최씨는 경운기 운전이라면 눈을 감고도 할 수 있을 만치 능숙하였다. 마을 사람들은 최 씨가 경운기를 잘 부리기 때문에 경운기를 부릴 일거리가 생기면 다른 사람을 제쳐 두고 최 씨에게 부탁하였다.

어느 날 최 씨는 여느 때처럼 경운기의 시동을 걸었다. 그런데 이게 웬일인가. 왼손 인지와 중지가 벨트에 끼어서 잘리고 말았다. 순간의 방심이 평생의 불구를 만든 것이다.

최 씨가 경운기를 운전할 수 없게 되자, 부인이 남편을 대신해서 경운기를 운전하였다. 남의 집 논갈이도 하고 탈곡도 하면서 억척스럽게 일을 하였다.

그런데 이게 또 웬일인가. 어느 날 부인마저 남편과 똑같이 경운기에 두 손가락을 잃었다. 착하게 열심히 일하며 산 죄밖에는 없는데…….
하늘도 무심하였다며 원망도 했다.

오늘도 부부는 서로 잘린 손가락을 쳐다보면서 남은 손가락으로 경운기를 운전하고 있다.

5.
농촌을 지키는
노인

* 대전지방

인적이 드문 두메산골에 한 노인이 자기 손으로 평생토록 가꾸고 어루만지며 마련한 농토를 지키고 있다. 노인은 층계의 다랑논[1]을 합배미[2]하여 수확을 올리고 밤을 낮 삼아 일하여 한두 마지기씩 논밭을 늘려 나갔다.

일 년 내내 온통 땀으로 범벅이 된 옷을 걸쳐야 하는 고달픈 나날이었지만, 세속에 찌든 바깥 세상에 물들지 않고 오직 흙에 땀과 혼을 바치는 농심을 숙명처럼 지키며 살아왔다.

지난날 4대가 함께 농사일에 파묻혔던 집이었으나, 지금은 노인 혼자 남아 있어 절간처럼 조용한 집이 되었다. 자식들은 제각기 가족들을 데리고 도시 사람이 되었다. 시대의 변천을 인력으로는 어찌할 수 없었다. 말리거나 나무라서 될 일이 아니었다.

---

1 다랑논 : 비탈진 산골짜기 같은 곳에 층층으로 된 좁고 작은 논배미
2 합배미 : 배미는 논배미의 준말로, 논의 떼기를 합한다는 뜻

노인은 도시에 있는 자식의 아파트에서 며칠 동안 갇혀 산 뒤로는 자식들이 함께 살기를 아무리 원해도 결코 농촌을 떠나지 않았다. 노년에 하루라도 마음 편하고 건강하게 살 곳은 산간벽촌에 있는 자기가 자란 집과 집 주위에 널려 있는 농토와 노년을 함께하는 정다운 이웃이기 때문이었다.

조상과 그 자손의 체취가 짙게 배어 있는 그곳이야말로 요람에서 무덤까지 가는 유일한 안식처였다. 자기의 혼과 땀이 배어 있는 농토는 아무리 밟고 파고 헤쳐도 변함없이 새 생명을 잉태하는 모태와도 같았다.

그러던 어느 날, 농촌에서 살다가 도시로 이사 간 한 노인이 찾아왔다.

"혼자서 무슨 재미로 사십니까? 도시의 아들네로 가시지요."

"도시론 안 갑니다. 새장에 갇혀서는 하루도 못 살아요. 내 집에서 사는 것이 마음 편해요. 텃밭을 가꾸는 재미도 있고, 이제는 몇 집밖에 남지 않았지만 그래도 정다운 이웃이 있잖아요. 송충이가 솔잎을 먹고 자라듯이 농촌밖에 모르는 나 같은 늙은이는 농촌을 떠나서는 살 수 없어요."

"그 옹고집을 누가 말리겠어요."

노인의 그 마음은 세상을 하직하는 순간까지 변함이 없을 것 같았다.

6.
고향의 쌀 맛

* 대전지방

"쌀 시장을 절대로 개방할 수 없다."

농민이나 도시민 모두가 한마음 한목소리로 외쳤다.

쌀은 우리의 5천 년 역사를 면면히 이어 온 피와 살이며 마음의 고향인 까닭에, 개방을 촉구하는 다른 나라에 한 치도 양보할 수 없다. 더욱이 쌀 시장의 개방은 가뜩이나 어려운 농촌 경제를 더욱 곤궁에 빠뜨릴 것은 자명하다.

그러나 UR협상 타결로 쌀 개방 일정이 확정되고, 거의 모든 농산물이 국제화·개방화의 조류에 적나라하게 노출되어서, 그 어느 때보다도 농촌은 허탈과 시름에 잠겼다.

도시의 한 시민이 이런 상황에서 착잡한 기분으로 일부러 원거리에 있는 농협 공판장에 찾아가, 고향의 청결미를 한 포 샀다. 고향의 기름진 땅에서 생산한 쌀이므로 쌀 알 하나하나가 백옥같이 윤이 나고 통통하게 여물어 있었다. 싸라기 하나 없고 중금속에 오염되지 않은 액면 그대로의 청결미였다.

쌀을 한 주먹 쥐어 보니, 고향에 살고 있는 아저씨나 아주머니들의 땀방울이 손가락에 묻어나는 것 같았다. 이른 봄에 씨 뿌리고 늦가을 추수할 때까지 비바람과 싸우며 자식 기르듯 소중하게 가꾼 쌀알에는 그들의 혼이 스며 있었다. 그리고 쌀알마다 이웃집 아주머니와 건너 마을 아저씨들의 이야기가 맺혀 있었다.

이렇듯 고향의 맛과 소식과 혼을 안겨 주는 우리의 쌀은 그 어느 것과도 바꿀 수 없는 것이다. 그래서 사람들은 입을 모아서 이렇게 외쳤다.

"고향의 쌀을 지키자! 우리의 식탁에 단 한 끼도 거르지 않고 오를 수 있도록 더욱 질 좋은 쌀을 만들자. 보기 좋고, 맛 좋고, 영양가 높은 미질(米質)을 개발하여 거기에 우리의 혼을 불어넣자. 어린이들의 햄버거에 빼앗긴 입맛을 우리의 입맛으로 바꾸자."

농민만이 아니라 국민 모두가 한마음으로 고향의 쌀을 지킬 때 농민들에게 안겨 준 실의와 절망은 사라지고, 경기미, 충청미, 호남미, 영남미, 강원미 등 고장의 명예를 걸고 식탁에 오를 것이다.

7.
범인은 이웃에
사는 육발이

* 완도지방

심한 가뭄이 들어 모의 생육이 부진하게 되면, 모내기철에는 모가 부족하기 마련이다. 모가 부족한 농민들은 모가 여유 있는 집에 미리부터 부탁하여 모내기를 해결하기도 한다.

이러한 와중에 한 농민이 모를 하룻밤 사이에 몽땅 도둑맞았다. 모에는 어떤 표식이 있는 것도 아니어서, 만일 그것이 다른 곳으로 옮겨졌다면 아무리 자기 것이라고 해도 이를 주장할 근거가 없어서 그 농민은 일 년 농사를 망치게 된다.

혹시나 하고 다른 집에 남아 있는 모를 구해 보려고 했으나 희망이 없었다. 그래도 도둑도 양심이 있으면 심고 남은 모를 행여나 되돌려 줄지도 모른다는 생각에 못자리로 나가 보았다. 그러나 모는 보이지 않았고, 논바닥에 수상한 여러 개의 발자국이 찍혀 있는 것이 눈에 띄었다. 자세히 보니 발가락의 숫자가 여섯 개였다.

농민은 쾌재를 불렀다. 범인은 바로 이웃에 사는 육발이였다. 욕심이 앞선 순진한 숙맥이 아니고서는.

8.
장사꾼의
농락

* 연기지방

홍 씨는 도라지 700평을 재배하여 그중 일부를 수확하였는데, 1978 년 당시 현지 시세로 25만 원을 받을 수 있었다. 그러나 한 푼이라도 더 받아 보려고 복사 트럭 1대를 대절해서 한약재 시장의 모 위탁 상 회에 가지고 갔다.

그 즉시 현지 수집 상인들이 현물을 감정한다며 벌떼처럼 달려들어서 포대를 칼로 찢고 야단법석이었다. 그래서 홍 씨는 그들이 고가로 매 입하는 줄만 알고 임대해 온 트럭을 즉시 돌려보냈는데, 어찌된 영문 인지 몰려들었던 상인들은 어디로 갔는지 보이지 않았다.

그는 예감이 이상해서 위탁상회 주인에게 물었다.

"얼마에 사시렵니까?"

위탁 상회 주인은 마지못한 표정으로 도라지를 감정하고는 탐탁지 않 게 말한다.

"조제가 불량합니다. 재작업을 해서 정선을 해야 제값을 받을 수 있습 니다."

홍 씨는 난감했다. 주변에 아는 사람이 없어서 누구에게 부탁할 수도 없었다. 쓰던 달던 위탁상회에 부탁할 수밖에 없었다.

"나는 어떻게 할 수 없으니 상회에서 알아서 해 주십시오."

그러자 얼마 전에 다녀간 상인들이 다시 몰려와서 홍씨에게 흥정을 하였다.

"우리는 작업비를 돈 대신 도라지로 받을 테니, 그렇게 해도 좋다면 작업을 하겠습니다."

홍 씨는 절에 간 색시 격이 되고 말았다. 작업비를 돈 대신 도라지로 받겠다는 심보를 훤히 들여다보면서도 어떻게 할 방도가 없었다. 그렇게 작업비로 떼어 놓은 도라지가 전체 물량의 3분의 1이나 되었다. 거기에다가 위탁상회 주인의 저울질 솜씨가 일품이었다. 봉칭으로 45도 각도로 오르도록 강하게 계량하고는, 엄지손가락을 저울추 쪽으로 밀어서 중량을 속인다. 눈을 멀뚱멀뚱 뜨고서도 아무 말 못하고 도둑맞은 셈이다.

홍 씨는 좁은 소견에 임대한 트럭을 상회의 말도 듣지 않고 돌려보낸 것을 뒤늦게 후회하였다. 값이 맞지 않으면 트럭에 다시 싣고 돌아갈 수 있었는데, 현지 시세의 반도 안 되는 11만 원이란 적은 돈을 챙겨 가지고 가슴 아프게 돌아와야 했다.

지금 그 도라지 밭에는 잡초만 무성하다.

9.
어려운 농촌
총각의 구혼

* 임실지방

한 씨는 고향의 상업고등학교를 졸업하고 이어 군 복무도 마친 후 집에 돌아와 좁은 농토에서 일하는 농군으로 살아오다가 어느덧 30세의 노총각이 되었다.

면서기로 정년한 아버지와 하늘 한 번 똑바로 올려다볼 줄 모르고 살아온 용해 빠진 어머니는 자식을 못 여의어 늘 한숨이시다. 며느리를 하루라도 빨리 맞고자 가슴이 탄다.

농촌 처녀는 반반해지고 가슴이 부풀어 오르면, 언니 따라 친구 따라 도시로 떠난다.

가끔 답답할 때는 논두렁 길 20리를 달려 읍내 다방의 한구석에서 여인의 싸구려 분 냄새를 맡는다. 꿈을 잘 꾸었을 때는 손도 만져 보곤 두근댄다.

동네 노총각 중에는 도시로 나가 공장에 취업하여 신부를 얻어서 금의환향하는 경우도 있고, 부인의 동의를 얻지 못해 어쩔 수 없이 도시 한구석에 주저앉는 불효자도 있다. 때로는 결혼에 급급하여 바람

난 여자와 결혼하면 십중팔구 재산을 거덜 내고 줄행랑을 치는 경우도 있다.

아! 이 넓은 세상에서 내 아들의 신부는 어느 하늘 아래에…….

10.
배냇저고리[3]를 지니고
선본 총각의 궁합

* 합천지방

농촌에서 아기 울음소리를 들을 수 없거나 천진난만하게 아이들이 뛰어노는 모습을 보기 어렵게 된 것은 이미 오래전의 일이다.

농촌 총각들이 장가들기가 어려워서 중국에 가서 교포와 짝짓는 일은 이제 뉴스거리도 아니다. 농촌에 산나는 이유만으로 선을 보고 딱지를 맞는 것은 예사로운 일이다.

김 씨는 아들을 장가보내기 위해 도시로 임시 이사를 하였다. 그리고 어느 아가씨와 결혼을 시키고 농촌으로 돌아왔다. 그러나 농촌에 돌아온 지 2개월 만에 며느리는 선전포고하였다.

"농촌에선 못 살겠다!"

그리고 결국 집을 나가 버렸다. 공든 탑이 일순간에 무너져 내리는 아픔이었다. 자식이 아프거나 혹은 어떤 어려움이 있을 때 대신해 주고 싶은 것이 부모의 마음인데, 마누라가 떠난 아들의 아픔은 대신할 수

---

3 배냇저고리 : 깃저고리, 배내옷이라고도 한다. 깃과 섶을 달지 않은 갓난아이의 저고리

가 없었다.

실의에 빠진 아들이 스물다섯 번째 선보는 날이었다. 김 씨 부인은 옛날 과거 시험을 보러 갈 때 갓난아이 때 처음 입은 배냇저고리를 몸에 지니고 가면 운수가 좋다는 말을 들은 기억이 나서, 40년이 넘도록 장롱 속에 깊숙이 간직했던 배냇저고리를 꺼냈다. 그리고 아들의 가슴에 간직하고 선을 보게 하였는데, 배냇저고리의 영험이 있어서인지, 궁합이 맞다 하여 결혼하게 되었다.

남녀가 결혼하는 것은 사람의 당연한 삶의 한 과정인데, 그것이 왜 이렇게 애를 태우나!

11.
고난이 이어지는
애절한 하소연

* 고창지방

농업주사 박 씨는 심원면에 해일 피해가 있었다는 보도를 접하고, 사전 지도 차 그곳에 들러 가장 피해가 심한 농가를 방문하였다. 곽 씨의 논 7,000평 중에서 2,600평은 완전 고사되었거나 반숙 상태다. 설상가상으로 곽 씨는 넘쳐흐르는 바닷물을 막아 보려고 닐빤지로 가로막다가 파도의 힘에 밀려 갈비뼈가 부러지는 중상을 입었다. 그러니 뭐라 위로할 말도 잊고 2~3차 방문하여 너무 실망하지 말고 잘 마무리해서 수매에 응해 달라고 당부할 따름이었다.

드디어 공판이 개시되었다. 곽 씨는 온갖 노력을 다하여 출하하였는데, 결과는 등외와 조제[4] 불합격이었다.

"검사원님, 살려 주십시오."

곽 씨는 검사원의 소매를 잡고 애원하였다. 서울에서 대학을 다니

---

4 등외와 조제 : 벼의 검사등급은 1등, 2등, 그리고 등외로 구분된다. 등외는 그중 가장 낮은 등급이며, 조제는 검사를 받을 때 높은 등급을 받고자 결실이 좋은 나락만을 추리기 위하여 키나 바람을 이용해서 손질하는, 즉 정선작업을 말한다.

는 큰아들과 재수하고 있는 둘째 아들을 뒷바라지할 길이 막혔다면서……

검사를 마치고 돌아가는 검사원의 뇌리에는 곽 씨의 애절한 목소리가 한동안 메아리친다.

12.
땀 흘려 일한
보람은 있어야 하는데

* 대전지방

농사는 잘되어도 걱정, 못되어도 걱정이다. 잘되면 값이 떨어져서 수지가 안 맞고, 못되면 살길이 막막하다.

지난날엔 그렇세도 귀하고 비쌌년 쌀이 요즘엔 왜 이렇게 지천으로 많은지……. 그 흔하던 태풍 한 번 불지 않아서 풍년 중의 풍년이 들어 창고마다 가득히 벼가 쌓였는데……. 그래서 풍년이 반갑지 않다.

쌀값을 제대로 받아야 풍년이다. 하루 세끼 쌀밥 먹어서 쌀 소비를 늘리자고 떠들고 있는데도 쌀값은 내렸으니 이를 어찌한담. 지금처럼 보통으로 벼농사를 지어서는 수지가 맞지 않으니, 특별한 방법을 찾아야 한다고 하지만 그게 말처럼 쉬운 일인가.

어쨌든 농사는 하늘과 땅과 사람의 조화로 이루어지는 것이니, 농사 지어서 큰돈은 못 벌어도 땀 흘려 일한 보람은 있어야 하는데…….

13.
입口 덜기

* 의령지방

"제 먹을 것은 제가 가지고 태어난다."

"아이를 배는 것은 하늘이 점지한 것이여."

이웃 마을 아무개는 사흘을 굶고, 도둑질도 못했는지 먹을 것이 없어서 죽었다는 말이 파다하게 퍼져 있을 때도 눈썹 하나 까딱 않고 이런 말을 거침없이 잘도 했다. 셀 수 없이 아이를 많이 가지면 먹여 살려야 할 입걱정이 앞서는데도 그런 건 하늘에 맡겼다.

살다가 살기 어려우면 막다른 골목에 가서는 궁여지책으로 입 덜기, 식구 줄이기 연구에 들어가는데, 사내아이는 남의 집 머슴으로, 계집아이는 민며느리라는 예비신부 자격으로 남의 집에 보낸다.

요즘 세상에 그런 것은 사라졌지만, 옛날 살기 어려울 때 계집아이를 처분하는 데는 아주 특별하고 편리한 방법이었다. 일찌감치 계집애를 주어 버리면 당장 입 덜어서 좋고, 혼례식을 올리고 예물을 하는 등의 걱정이 없었다.

부모의 마음에 어찌 나이 어린 계집아이가 남의 집 민며느리로 가서 고생하는 것을 모를까마는 배곯지 않고 사는 것이 우선이었다. 가난이 죄였다. 그런데 이런 일은 그 당시에도 그리 흔한 일은 아니었다.

14.
못 배운
막내가 효자지!

* 대전지방

"저 집이 바로 자식들이 출세한 집일세."

산골 마을 김 노인네 집 앞을 지나가는 이웃 동네 사람들은 하나같이
말하면서 김 노인네 자녀들이 출세한 것을 부러워했다.

김 노인의 맏아들은 머리가 명석하고 학구열이 남달라서 가난한 농촌
에서 과외 한번 하지 않고, 학교 공부만으로 서울 명문대학의 장학생
으로 선발되었다. 김 노인은 집에서 기르던 돼지를 잡아 마을 사람들
과 근동 사람들까지 불러서 잔치를 하였다.

둘째 아들도 맏아들과 똑같이 공부를 잘해서 두 번째로 큰 잔치를 벌
였다. 두 아들이 명문대에 장학생으로 선발된 것은 면내에서는 말할
것도 없고 군내에서도 보기 드문 영광스러운 일이었다.

두 아들은 대학교를 졸업하고 이름 있는 집안의 규수와 결혼하였다.
그리고 외국에 나가서 좋은 직장에 다니며 넉넉하게 생활하고 있다.
김 노인은 두 아들들에게 더 이상 바랄 것이 없었다.

그런데 셋째 아들은 위의 두 아들과는 달리 머리가 둔하고 판단력이

흐려서 늘 곁에 두고 농사일을 가르쳤다. 돈 잘 벌고 머리를 써서 살고 있는 자식들과는 너무나 거리가 있는 생활이어서, 부모의 가슴은 늘 편치 않았다.

그런데 김 노인이 노년에 접어들면서 출세한 맏이와 둘째 아들보다 셋째 아들이 가장 효도하는 아들임을 절감하였다. 맏이와 둘째 아들은 자주 만날 수도 없거니와 외국에서 자라고 있는 손자들과는 언어 소통도 잘되지 않았다. 어찌 보면 남남과도 같았다. 혈육의 애틋한 정이 없었다.

그러나 농사일을 하는 셋째 아들은 늘 곁에서 고분고분 말을 잘 들어주어서 마음이 편하였다. 그리고 배움은 짧지만 며느리의 효성이 지극하고 거기에 손자의 재롱까지 볼 수 있어서 김 노인의 노년은 편안하였다.

어느 날인가, 자식 잘 둔 것을 칭찬하는 친구에게 김 노인은 이렇게 말하였다.

"나는 공부 잘하는 자식 둔 것이 자랑이 아니라, 공부는 못했어도 내 곁에서 보살펴 주는 자식이 있는 것이 자랑스럽네."

공부 잘하는 자식은 그 당시는 마음을 기쁘게 했지만, 부모 곁을 떠난 지금에는 서운할 때가 많았다. 어느 땐 부모 형제도 모르고 일에만 파묻혀 있어서 역정이 나기도 했다. '병신 자식이 효도한다.'는 말처럼 늘 곁에 있는 셋째 아들이 있었기에 김 노인은 편안한 노년을 보낼 수 있었다.

15.
그놈도 줄을 서면
점심은 굶지 않으련만

* 대전지방

70세의 늙은 아들과 함께 사는 최 노인의 요즘 심경은 몹시 괴롭다.

최 노인은 슬하에 3대 독자를 두고 금이야 옥이야 하며 애지중지 길렀다. 밥상에 쌀밥은 아들의 밥그릇이고, 생선의 머리와 꼬리는 부모의 몫이었다. 그래서 아들은 생선의 가운데 토막은 응당 자기의 것으로 알았다.

아들은 자라면서 부모의 재산만 믿고 씀씀이가 헤펐다. 학교에 다닐 때도 부모가 주는 용돈이 부족하여 외상을 지는 일이 많았고, 성장해서 도시에 나가 직장에 다닐 때도 주색을 좋아하여 봉급은 용돈으로 쓰고 생활비는 부모에게 의지하였다.

아들은 부모가 밤낮을 가리지 않고 뼈마디가 휘도록 일하고 먹을 것, 입을 것을 절약하면서 모은 돈의 소중함을 조금도 몰랐다. 최 노인은 아들의 그런 씀씀이를 뒤늦게 고쳐 보려고 무던히도 애써 보았지만 아들의 주색에 빠진 과소비 심리는 막을 도리가 없었다.

한 달이 멀다 하고 빚 독촉에 시달렸다. 빚의 종류도 다양하였다. 잠시 변통하기로 약속한 일가친척의 빚은 대추나무에 연 걸리듯 하고 은행의 융자로 해결되지 않으면 고리의 사채까지 썼다. 그리고 빚 독촉에 시달려서 피골이 상접하도록 말랐다.

최 노인은 아들이 하는 짓은 괘씸하지만 나 몰라라 할 수만은 없었다. 하나밖에 없는 자식이 혹여나 잘못되기라도 하면 가지고 있는 재산은 무의미한 것이었다.

"이번이 마지막이다. 제발 정신 좀 차려라."

"더는 빚을 지지 않게 노력할게요."

최 노인은 '다음번엔 어떤 일이 있어도 난 모른다.' 하고 스스로 다짐하면서 빚을 갚아 주었다.

그런데 아들의 다짐은 그때뿐이고 해마다 빚에 시달렸다. 제 버릇을 개 주지 못하였다. 빚은 아들이 지고 책임지는 것은 최 노인의 몫이 되었다.

빚을 갚는 것은 언 발에 물을 붓는 격이어서 최 노인이 가지고 있던 많은 전답을 야금야금 축내고, 급기야는 양식하려고 남겨 놓은 문전 옥답마저 남의 손으로 넘어갔다. 그러니 최 노인의 심정은 갈기갈기 찢겨 아프다.

요즘에 아들은 마지막으로 받은 그 돈으로 얼마를 버틸 수 있을지 걱정이 태산 같다. 재산을 탕진한 뒤에야 뒤늦게 돈의 귀중함을 알아서 담배까지 끊었지만, 때늦은 깨달음이었다. 젊어서도 벌기 어려운 돈을 70세의 늙은 몸으로 어떻게 벌 수 있겠는가.

최 노인은 자식을 너무 귀엽게 키우고 일찍이 싹튼 나쁜 버릇을 바로 잡아 주지 못한 것을 후회하였지만, 그 역시 때늦은 후회였다. 일단

고삐가 풀린 망아지는 달래고 어른다고 제자리로 돌아오는 것이 아니었다. 전답을 팔아서 빚을 갚기 시작하면 전답을 모두 팔아야 그 버릇이 멈춘다는 말이 헛말이 아니었다.

아들 때문에 곤궁하게 살고 있는 백수의 최 노인은 점심을 무료 급식하는 줄에 서서 자신을 동정하는 사람에게 이렇게 말하였다.

"이것이 내 운명인 것을 어찌하겠나! 그놈도 이 줄을 서면 점심은 굶지 않으련만……."

16.
내년이 있기에
희망은 있다

* 함평지방

1992년 6월 15일, 간척지에 이앙한 모가 가뭄이 계속되자 염기가 올라와 빨갛게 죽어 갔다. 6월 27일에는 4단 양수를 하여 저수지 물을 교체하고 논을 갈아엎어 6월 28일부터 29일까지 2일간 모를 다시 이앙하였다. 재이앙 후, 3일 간격으로 양수기를 농원하여 저수지 물을 교체하였으나 또다시 벼가 군데군데 죽어 가기 시작하였다.

실망하지 않고 3~4일 간격으로 계속 새물을 갈아 주니 벼에 생기가 돌기 시작하였다. 그리고 7월 12일, 때마침 기대했던 비가 억수 같이 쏟아져서 가뭄이 해갈되었다. 벼의 관리를 철저히 하여 많은 수확이 기대되는 상황이었다. 그동안 갖은 고생을 한 보람이 눈에 보이는 것 같았다.

그런데 하늘은 너무나 무심했다. 하룻밤 사이에 태풍으로 전 면적이 도복 되고 말았다. 4,000평은 반 도복이고 2,000평은 완전 도복이었다. 눈앞이 캄캄했다. 어떻게 지은 농사인데…….

또다시 실망하여 좌절할 수는 없었다. 여기에서 좌절하면 벼를 하나도 건져 내지 못하고 살림은 파산하고 만다. 그래서 이를 악물고 인부 20여 명으로 도복된 벼를 3일간 묶어 세웠다.

이렇게 농사를 짓다 보니 수입은 적고 빚만 늘어났다. 그러나 내년이 있기에 희망을 잃지 않았다.

이렇게 사는 것이 농민인가!

17.
또다시 맥주보리 농사지으면 성을 바꾸겠소!

* 해남지방

김 씨는 맥주보리를 잘 말리고 정성껏 손질을 하여, 매상 가마니로 20 포대를 만들어서 공판장에 가지고 나갔다. 검사원이 색 대질을 해 보더니, "제때에 못 베고 비를 맞혀서 색깔이 다 변했다."라며 몽땅 겉보리 1등으로 검사를 하여 준다. 겉보리 1등은 사실상 맥주보리 4등이나 마찬가지다. 맥주보리 1등과 겉보리 1등은 한 가마당 6,900원의 가격 차이가 난다.

비료값, 제초제 등 농약값은 차치하고라도 콤바인 품삯 7만 원과 운반비 8천 원을 공제하고 나면, 완전히 빈손이 되고 만다.

"검사원 아저씨, 눈 딱 감고 한 번만 봐주시오."

여러 차례 애걸복걸하였다.

"맥주보리 색깔이 거무스름하게 변해서 나도 어쩔 수가 없구만요. 딱한 사정은 알겠습니다만……."

김 씨는 다른 더미로 검사하러 가는 검사원의 등에 대고 엄포를 놓았다.

"내가 또다시 맥주보리 농사를 지으면 성을 바꾸겠소."

18.
구두쇠 이야기

* 산청지방

옛날 지독한 구두쇠가 있었는데, 어느 날 갑자기 아내가 죽었다. 슬픔에 빠진 구두쇠는 장례식을 치르고 묘지에 비석을 세우기로 하였다. 그가 각자[5]하는 사람에게 비문을 다음과 같이 새겨 달라고 이른다.

"여기 '한평생 동안 살면서 언제나 남편에게 봉사하고, 아이들을 훌륭히 키운 사랑스러운 아내이자 어머니인 팽〇〇 씨가 60세를 마지막으로 생을 마치다.'라고 새겨 주시오."

그러자 각자하는 사람이 말하기를, "한 글자에 만 원은 주셔야 합니다." 하자, 그는 말하기를 "그러면 '팽〇〇'라고 이름만 새겨 주시오." 했다 한다.

---

5 각자 : 비석에 글자를 정으로 새기는 일

19.
수분 불합격만
아니었어도

* 횡성지방

추곡수매가 마무리되는 마지막 공판에는 농가에서도 저마다 불합격 품이 발생하지 않도록 잘 건조하여 출하한다. 그런데 김 씨의 벼 23포 대가 수분 초과품으로 불합격 판정을 받았다.

김 씨는 집에 있는 벼로 바꾸어 오겠나며 시체 없이 경운기를 몰았나. 그리고 잠시 후, 새로 출하한 벼의 수분을 계측하였는데 역시 수분 초 과였다. 김 씨는 집에 남아 있는 벼를 다시 가지고 오겠다며 또 경운 기를 몰았다.

검사장에 출하한 벼가 대부분 입고되었을 무렵에 김 씨가 사색이 되 어서 경운기에 벼를 싣고 나타났다.

"벼 매상하려다가 사람 죽을 뻔했습니다."

벼를 경운기에 싣고 동생이 그 벼 더미 위에 올라탔는데, 그것을 깜박 잊고 경운기를 몰고 대문을 나서는 순간 '빽' 하는 소리와 함께 동생이 대문 위 처마 도리에 이마를 부딪쳐 땅에 떨어진 것이다. 김 씨는 그 길로 동생을 병원의 응급실에 눕히고 달려온 것이었다.

검사원은 동생이 입원한 병원에 달려갔다. 다행히도 큰 상처는 아니었다. 그러나 병문안을 하고 돌아오는 발길은 무거웠다. 그리고 수분 초과 판정이 자꾸 마음에 걸렸다.

'수분 불합격만 아니었어도…….'

20.
갓난아이가
그만

* 사천지방

1976년 2월의 어느 날, 고양면 ㅇ내리에서 가마니 검사가 실시되었다. 그날은 검사원이 약 5,000장 정도의 가마니 검사를 하게 되었는데, 검사가 거의 끝날 무렵에 서포면에서 가마니를 경운기에 운반하고 오는 중이니 조금 기다려 달라는 전갈이 왔다.

그리고 반시간 후, 가마니를 가득 실은 경운기가 도착하였다. 경운기에는 30대 초반의 젊은 부부와 갓난아이가 타고 있었다. 검사원은 궁금해서 늦게 온 사연을 물었다.

"왜 이렇게 늦었습니까?"

"운반 도중에 경운기가 논으로 굴러서 가마니에 우리 세 식구가 깔렸어요. 이웃 사람의 도움으로 가마니를 다시 싣고 오느라고 늦었어요."

가마니 검사를 끝마쳤을 때, 그 부부는 아무래도 갓난아이의 눈동자가 이상하다며 병원에 데리고 갔다. 검사원도 함께 병원에 가서 응급치료하는 것을 지켜보았다.

그 후 다음 가마니 검사 때 검사원이 그 부부를 만났다.

"갓난아이의 건강은 어떻습니까?"

그 순간 부부의 눈에는 눈물이 고이며 목이 메었다.

"그만……."

검사원은 더 들어 보지 않아도 무슨 말인지 알 수 있었다.

21.
제초제 피해 입은
못자리에서 흘린 눈물

* 완주지방

매년 반복되는 농사일이지만, 금년같이 피눈물을 흘리면서 죽을 고생을 한 적은 없다. 못자리 때부터 풍년 농사를 기원하면서 열심히 노력한 결과, 병충해도 별로 없이 모내기철이 다가왔다.

이제는 모내기 날짜를 받아서 이앙기를 예약하여야 할 스음, 못사리에 나아가 보니 맑은 하늘에 날벼락 같은 일이 벌어졌다. 못자리 전체가 벌겋게 타들어 가고 있는 것이 아닌가! 잘못 본 것이 아닌가 하여 눈을 비비고 다시 보았으나 인접해 있는 친구 못자리와 함께 모는 이미 타 죽어 가고 있었다.

눈앞이 캄캄하여 우선 모를 한 줌 뽑아 쥐고, 지도소로 달려갔다. 마침 지도소 소장이 현지까지 와서 확인한 결과, 제초제에 의한 약해(藥害)로 판정되었다. 온 동리 사람들이 모여들었으나 이제는 별 도리가 없었다.

면사무소, 지서에 피해 신고를 했으나 가해자는 오리무중이다. 누가 왜 무엇 때문에 나를 해코지했는지 알 수도 없었지만, 이제까지 선량

하게만 살아온 나에게 이게 무슨 시련인가 싶었다.

그러나 한탄만 하고 있을 겨를이 없었다. 여기저기 모를 구하는 일이 더욱 시급하였다. 면장님께서 각 부락에 연락하여 조금씩 구했으나, 소요량의 10%도 구하지 못하였다.

그렇게 여러 날 고생 끝에 김제(金堤)까지 가서 겨우 모를 구해 왔지만 품종도 모르고, 게다가 조생종인지 만생종인지조차 알 수 없어 마구 잡이로 심어 놓고 보니 작황 또한 구구 잡다하였다.

남들은 풍년이 들어 온 들판이 누렇게 물결치고 있으나, 내 논은 조생종은 출수하여 익어 가고 있는가 하면, 만생종은 아직 출수도 않고 있기 때문에 모두 다 금년농사 헛수고했다는 걱정뿐이었다.

세월은 흘러 수확을 안 할 수도 없어 겨우 탈곡을 하고 보니, 출수기에 태풍까지 맞아 벼 알들은 시커멓게 되고 그나마도 반 쭉정이뿐이었다. 도정을 하여 보니 전부 싸라기와 피해립뿐이었다.

이웃 사람에게 창피하기도 하고 부끄럽기도 하였으나, 70여 포대를 공판장에 출하하였다. 그러나 검사원은 등외도 안 되겠다고 하면서 다시 정선을 해 오라고 말한다.

정신이 멍하니 가늘 길이 없다. 면장님과 조합장이 경위를 설명하면서 제일 고생이 많았고 모를 구하러 다니면서 눈물깨나 흘린 나락이니 특별히 등외라도 선처하여 줄 것을 호소한 결과, 겨우 등외를 받을 수 있었다. 이렇게라도 주위에서 도와주는 분들에게 감사 인사를 하면서 "금년은 운이 없어서 이렇게 되었으며, 매상해서 손에 쥔 200만 원을 찾아보아도 그동안 우리 부부가 흘린 눈물 값도 못되는 것을 생각하면 당장 농사일을 집어치우고 싶지만, 송충이는 솔잎을 먹어야

산다는 말과 같이 '내가 아니면 누가 우리 농사를 대신 지어 주겠는가'
하는 생각으로 내년에는 더욱 열심히 하여, 금년에 못다 한 수확을 배
로 증산하겠습니다."
라고 마음을 굳게 다진다.

그러나 못자리판에 대체 누가 왜 제초제를 뿌렸을까? 그 의문은 아직
도 풀리지 않고 있다.

22.
운명이라고
하기에는?

* 완주지방

비봉산 기슭 동문남향(東門南向)으로 자리 잡은 고택, 시골에서 이르는 부잣집 장남으로 태어나 어렵지 않게 살면서 전주명문고등학교를 졸업하고 인근 마을에서는 유일하게 전북대학 법대를 졸업하였으나, 아버지가 뜻하지 않게 일찍이 돌아가시자 가업을 이어받아 동생들 뒷바라지를 하면서 열심히 가정을 이끌어 갔다.

그러나 가세(家勢)는 자꾸만 기울기 시작하였다. 선대로부터 물려받은 비봉산 일부를 개간하여 과수원도 만들어 과목도 심고 양봉, 젖소, 산양, 면양 등을 길러 보았으나 실패의 연속이었다.

특히 1988년 5공 시절 전 대통령 인척 송아지 부정수입에 연루되어 가운은 완전히 기울어져 재기 불능 상태가 되어 가산(家産)을 방매하고 무작정 서울로 올라갔다. 자릿세, 연고권, 기득권 등 많은 어려움 속에서도 밤에는 포장마차, 낮에는 막노동으로 열심히 살아가고 있었다.

그런데 이것이 운명인가? 방매한 비봉산 땅값이 무려 40배가 올랐다.

광석이 발견되어 채광하게 되었기 때문이다.

"너무나 억울하지 않느냐?"라는 주위 사람들의 물음에, 그는 담담한 심정으로 이렇게 답했다.

"하느님의 은총이 그뿐이니, 그저 주어진 대로 사는 거라 생각하면서 오늘도 감사 기도를 드릴 뿐이다."

23.
선창에서의
하얀 손수건

* 광주지방

목포에서 2시간 정도 여객선을 타고 가면 암태도라는 섬이 나타난다. 섬이라면 어장이나 하는 줄 알았는데, 주업이 농사짓는 일이었다. 벼나 보리를 검사를 하자면 육지와 거리가 멀고 또 배를 이용하여야 하는 지리적 특성 때문에 일주일씩 출장하는 것이 상례로 되어 있다. 1983년 여름 보리 수매 때 있었던 일이다. 경운기가 없었던 당시, 지게나 리어카로 운반한 보리가마니를 검사하는데, 어느 젊은 부녀자가 색대미통[6]을 잡는 것이었다.

"아주머니 보리입니까?"

하고 물으니 그렇다고 하였다. 그런데 감사 결과, 잘 말리지 못해서 검사를 할 수 없다는 설명을 했다. 그 말을 들은 아낙네의 얼굴이 붉어지면서 애원한다. 수분이 많으면 여러 가지 이유를 들어 검사를 할 수 없다는 설명을 거듭하고 이어 "잘 건조해서 다음 공판에 내오면 검

---

6 색대미통 : 색대로 추출해서 나오는 곡식을 땅에 흘리지 않도록 담아 넣는 그릇

사를 잘해 드리겠다.”라며 잘 설득하여 돌려보냈다.

그런데 일주일의 출장을 마치고 사무실로 돌아가기 위하여 선창에 나와 여객선을 기다리고 있는데, 한복 차림의 젊은 색시가 나이 들어 보이는 아주머니와 울먹이는 목소리로 얘기를 나누는 모습이 보였다. 행색이 다를 뿐, 공판장에서의 그 젊은 색시가 틀림없었다.

여객선이 선창을 빠져나와 목포를 향해 서서히 달리는데, 선창에서 하얀 손수건을 흔들면서 하염없이 흐르는 눈물을 가누지 못해 구슬피 우는 것이 아닌가! 또 배 위에서는 한 여인이 눈물을 참느라 애를 쓰는 것을 보고는 주위 사람들에게 그 연유를 알아보니, 친정어머니가 딸을 섬으로 시집보내 놓고 사돈집에 처음 다녀가는 길이라 한다.

자초지종을 듣고 보니, 며칠 전 공판장에서 불합격시켰던 일이 뇌리에 스치며 마치 무거운 납덩어리처럼 가슴을 짓누르는 것은 물론, ‘친정어머니에게 여비라도 마련해 드리려고 하였을 깃인데 어찌되었을까?’하고 생각해 보니 비정한 마음이 자꾸만 괴롭힌다. 공무원이라는 명분 때문에 별수 없는 일이 아니냐 하고 자위를 해 보았지만, 10년이 지난 지금도 가슴 찡한 영원한 추억의 자리로 남아 지워지지 않는 것은…….

24.
삿갓[7]배미

* 진도지방

과거 우리 농촌은 농지가 모자라 산비탈을 개간하여 논으로 경작을 많이 하였다. 물론 이러한 논은 수리시설이 갖추어져 있지 않아 하늘에서 비를 내려 주어야만 농사를 지을 수 있어 이를 천수답(天水畓)이라 한다.

어느 해 봄 가뭄이 계속되어 모내기를 못하고 있던 차에, 기다리던 비가 내려 농부는 머리에 삿갓을 쓰고 어깨에 삽을 메고, 산비탈 논에 물꼬를 막으러 갔다. 물꼬를 막으면서 삿갓을 서 있던 자리에 벗어 놓고 물꼬를 다 막은 뒤, 다랑치[8] 개수를 세어 보니 한 다랑이가 부족했다.

아무리 세어 봐도 논 한 다랑이가 부족하다. 그래서 집으로 돌아가려고 삿갓을 집어 드니 삿갓 밑에 없었던 논 하나가 보인다. 그 논다랑

---

7   삿갓 : 대오리나 갈대로 거칠게 엮어서 비나 볕을 가리는 갓
8   다랑치 : 다랑이. 비탈진 산골짜기 같은 곳에 층층으로 된 논을 말한다.

이의 물꼬를 보고 나서 자신의 처지를 한탄하며 긴 한숨을 내쉬면서,

"언제 저 수리 안전답에 모내기를 한번 해 보나."

이때부터 산비탈 작은 논을 일컫는 '삿갓배미'란 말이 생겼다.

25.
황무지로 변해 가는
저 논을

* 창녕지방

8남매를 다 키워서 장가 시집을 다 보내고 보니, 나이는 80고개를 넘고 몸은 늙어 기동도 제대로 못할 형편이다.

그러나 논밭에 나가 보면 지나온 세월이 원망스럽기 한이 없다. 가난하기에 남의 집 머슴살이도 해 보았고, 막일도 많이 하였다. 나도 어떻게 하더라도 내 땅이 있어야 되겠다는 각오로 모질게 살아왔다.

둘째 아들을 낳고 논 2마지기(400평)를 샀다. 그 순간만큼은 큰 부자가 된 것 같은 기분이었다. 세월이 또 흘러 내 나이 50살에는 논 5마지기(1,000평)로 늘어났다. 이렇게 이루기까지, 요즘 개에게 줘도 먹지 못할 것을 먹으면서 그야말로 쥐어짜는 검소한 삶을 살아왔다. 그래도 땅이 불어나고 아이들도 아무 탈 없이 자라는 것을 보면, 못 먹고 고생하는 것은 아무것도 아니었다.

세월이 또 지나 아이들이 다 장성하여 자기들의 가정을 이루고 지금은 할멈과 단둘이서 살고 있지만, 골짝논 5마지기를 지을 능력도 없고 남에게 갈라 먹기를 주려고 해도 부칠 사람이 없다.

젊은 시절 먹지도, 입지도 못하고 내 평생의 피와 땀으로 장만한 저 논들이 황무지로 되어 가는 것을 보니 가슴이 너무나 아프다.

26.
황폐한 농토를
어떻게 후손들에게
넘겨주나!

* 공주지방-2017

우리나라 농촌의 환경 파괴는 폐비닐, 농약, 비료 등에 의한 수질 및 토양 오염을 넘어서서 영농폐기물 방치, 불법매립 등으로 인하여 더욱 심각해지고 있는 실정이다. 개천에서는 물고기를 볼 수 없고, 하천마다 폐농약병과 일회성 영농자재들이 지천으로 쌓여 있어 농토 파괴마저 심각하다.

마을마다 폐농약병 수집용기가 비치되어 있지만, 몇 년이 지나도 빈 용기로 방치되어 있을 뿐이다. 폐농약병이나 기타 자재를 지정된 용기에 넣어 조금이라도 농토의 황폐를 막겠다는 책임의식이 있어야 함에도, 쉽게 아무 데나 버리기 때문에 빈 용기함은 방치되고 있다.

그런가 하면, 마구잡이로 살포하는 제초제와 일회성 자재를 땅속에 파묻어 버리는 바람에 농토는 갈수록 오염되어 황폐화되고 있다. 그러면 이렇게 토양이 오염되면 어떤 피해가 오는지 알아보자.

농경지가 오염되면 농작물의 생육을 저해할 뿐만 아니라 중금속물질이 농작물에 흡수되어 중독을 일으켜 각종 질병의 원인이 되고 생명까지 위협을 받게 된다고 한다.

농토는 우리에게만 쓰라고 주어진 것은 아니다. 자손 대대로 이어져 물려주어야 하며 또한 그래야 할 의무가 있다. 그러므로 농토 관리를 잘하여 새 생명이 활기차게 자라나는 옥토로 만들어 후손들에게 넘겨주어야지, 황폐화된 농토를 넘겨줄 수는 없지 않은가.

27.
이 모두
'한국인의 마지막 모습'
아닌가!

* 고성지방

나의 살던 고향은 봄, 여름 가릴 것 없이 이름 모를 꽃들이 흐드러지게 피는 산골이다. 그렇다고 첩첩산골도 아니고 바다가 있는 곳도 아닌 중산간지대에 속하며, 문화적 혜택도 받지 못한 채 옹기종기 모여 서로의 이웃 정을 나누며 살아가는 아늑한 촌락이다.

재래식 부엌이라 목욕 한번 제대로 하기가 어려웠으며, 섣달 그믐날 소죽솥에 물을 끓여 온 식구가 목욕 한 번으로 만족했던 시절이다. 요즘은 시골에도 현대식 가옥으로 개조해서 실내에서 목욕할 수 있다. 더운물 속에 피곤한 몸을 담근 채 지그시 눈을 감으면 어둡고 괴로운 나날들, 또 즐거웠던 일들이 주마등처럼 스치는 것은 호강스러운 넋두리일까!

긴긴 겨울밤, 새끼를 꼬고 목화로 물레[9]질로 시간 가는 줄 모르고 일하고 있는 사이 어느새 첫닭 울림소리에 눈을 조금 붙이다가 부스스

---

9 물레 : 솜이나 털을 자아서 실을 만드는 틀(紡車) 또는 취자거

일어나 앞들 마당으로 나갔다. 나무 장작과 물물 교환한 진주(晉州) 태평무를 묻어 놓았었기 때문이다. 무를 꺼내 채칼로 밀어 무밥[10]을 지어 먹으며 하루 일과는 시작된다. 그 시절 라면이라도 있었으면 얼마나 좋았을까?

지게[11]를 지고 4천 미터 되는 산에 올라 봄부터 가을까지 보금자리를 따뜻하게 지필 나무를 쌓아 두어야 걱정이 되지 않는다. 그 시절 고무신을 신고 산을 오르내리다 보면 고무신 한쪽이 나무 등걸에 걸려 찢어지면, 맨발로 고무신을 들고 집에 돌아와 제일 먼저 신발을 기워야 되는데 너무 많이 기웠기 때문에 바늘 들어갈 면적이 없을 정도다. 이럴 땐 두꺼운 무명 조각을 대면서까지 신고 다니던 그 시절이 어제 같지만, 생각하면 반세기 전의 꿈같은 이야기.

이 모든 것이 오늘날 농촌에 남아 있는 순수한 노농(老農)들이 살아온 진정한 '한국 농민의 마지막 모습'이 아닌가 싶다.

---

10 무밥 : 식량이 없어 배를 채우기 위하여 무를 가늘게 썰어 밥을 지을 때 함께 넣어 지은 밥
11 지게 : 짐을 지기 위하여 나무로 만든 운반기구의 한 가지

일곱째 마당

허리 휘고 단내 나는
농사지만 보람은 크다

일을 통해서 삶을 사랑하는 사람은 삶의 비밀을 아는 사람이다.

농민은 하늘, 땅, 사람(天地人)의 조화를 교감하면서

인간의 생명을 지탱해 주는 생명재를 창조해 내는

제2조물주라는 자부심을 갖고 있다. 비록 손발은 나무토막 같고,

허리는 휘고 입에서는 쓴 내 나는 농사일일망정,

여기에서 보람을 느끼는 것은 삶의 비밀을 아는 농심을 가졌기 때문이다.

1.
일 년 중
한 번은 부자가 돼

* 승주지방

조 씨는 14,000평의 논을 경작하면서 스스로 중소기업을 운영하는 사업가(事業家)라고 자처한다. 모내기, 병충해 방제, 사원 돌보기 등 숱한 노력 끝에 얻은 결실은 지친 심신을 단번에 회복시켜 준다.

그런데 올해 악마 같은 태풍 '테드'가 벼의 허리를 90%나 꺾어 버렸으니 누굴 원망해야 하겠는가? 농협 부채 상환, 추곡 수매 후 아기 엄마에게 약속한 외출복 선물 등 지출해야 할 경비는 많은데, 누워 있는 수많은 식솔들을 일으키다 지쳤지만 수확을 하고 보니 그래도 곳간에 600여(40kg) 포대가 쌓여 있다.

'이 많은 나락더미가 다 내 것이렸다.' 하고 생각하면, 좌우간 농사꾼도 일 년 중 한 번은 부자 부럽지 않다는 생각에 부풀어 오르는 환희에 부러울 것이 없다.

2.
실패 체험에
곡물 건조 도사가 된
부녀회원

* 함안지방

함안군 칠원면 유성부락 부녀회는 군내 234개 부녀회 중 가장 활력 있는 부녀회로 소문나 있다. 1년에 두 차례 봄가을로 웃어른들에게 경로잔치를 베푸는 등 자라나는 청소년들에게 경로효친의 모범을 보여주니, 웃어른들은 효자 효부상을 수여하여 인정과 꿈이 넘치는 전통적인 마을이다.

유성부락은 54농가가 벼와 보리 위주로 농사를 짓고 있다. 그런데 맥주보리 수확철이 되면 비가 잦아서 수확기를 맞추지 못해 색깔이 좋지 않아서 해마다 2등, 등외, 불합격이 20~30%에 달하였다.

애써 농사를 지은 보람이 없었다. 인위적으로 수확기만 맞추면 좋은 등급을 받을 수 있는데, 부락민의 대부분은 하늘에만 전적으로 의존한다. 이를 보다 못해 부녀회에서는 중대한 결정을 하였다.

1991년 봄, 부녀회 기금 300만 원으로 곡물건조기를 마을에 설치하였다. 부락민의 환호는 대단했다. 보리의 등급을 올릴 수 있는 획기적인 계기가 마련된 것이다.

마침내 이○○ 씨가 첫 수확한 맥주보리 90포대를 건조기에 투입하고 작동하였다. 맥주보리가 좋은 색깔로 건조되기를 바라면서…….

그리고 하루 뒤, 맥주보리를 끄집어내 보니 이게 웬일인가? 맥주보리가 벌겋게 볶아져 있었다. 온도 조절기를 보지 않고 무작정 작동한 것이 화근이었다. 수매는 아예 엄두도 못 내고 보리 값만 200만 원을 변상하였다. 그때의 허탈한 심정은 이루 형언할 수 없었다.

그러나 부녀회는 좌절하지 않았다. 90포대나 되는 맥주보리를 그 무더운 여름에 소죽솥에 볶아서 마산, 창원에 보리차 원료로 만들어 판매하여 보리 값을 건지고도 남았다.

지금은 그때의 한번 실수한 경험을 살려서 부녀회원 모두가 곡물건조기 도사가 되었다.

3.
세상을 떠난
선친의 도움이라며

* 김제지방

월평리에 사는 조○○ 씨는 가난에 찌든 집에서 태어났다. 그리고 가난 때문에 초등학교도 제대로 다니지 못하고, 16살에 상경하여 고물수집상에서 일을 하였다. 월급이라야 고작 용돈 정도였는데, 그것마저도 고향에 보내야 했기 때문에 청년이 될 때까지 돈 한 푼 모으지 못했다.

군 제대 후에는 인근 목장에서 목부로 5년간 일하여 받은 임금으로 마을 앞 수렁배미 4마지기를 마련하였다. 그런데 논 몇 마지기의 농사로는 식구들의 식량을 자급하는 데 불과하고, 농협 빚은 해가 갈수록 불어만 갔다.

그동안 몇 차례 도시에 나가서 막일이라도 할 생각이었으나, 그래도 땅에 대한 미련이 있어서 발이 묶이곤 했다.

1989년 가을의 어느 날, 서울에 사는 친척의 결혼식에 참석할 일이 생겨서 동네 사람들과 함께 관광버스에 올랐다. 버스 안에서는 버스가 서울에 도착할 때까지 주택복권 얘기가 화제였다.

그리고 결혼식이 끝나자, 동네 사람들은 거의가 주택복권을 몇 장씩 샀다. 그는 동네 사람들 틈에 끼여서 몇 번이나 돈이 아까워서 망설이다가 눈을 딱 감고 오백 원을 주고 주택복권 한 장을 샀다. 생전 처음으로 한 모험이었다.

그 주택복권이 당첨되리라고는 기대하지 않았다. 동네 사람들에게 앞뒤가 꽉 막힌 사람으로 보이지 않으려고 체면치레로 산 것이었다. 그런데 꿈인가 생시인가. 천만 원에 당첨된 것이다. 동네는 물론 면내에, 그 소문이 자자하게 퍼졌다.

그 돈으로 도시에 집을 사거나 도시 근교의 땅을 사라는 사람도 있었고, 급전으로 높은 이자를 쳐 줄 터이니 꾸어 달라는 사람도 있었다. 그러나 그는 여러 유혹을 물리치고, 농민은 농토가 있어야 한다는 생각으로 동네에서 별로 좋지 않은 논 열 마지기를 샀다. 주위 사람들은 그를 보고 바보라고 했지만 그는 마냥 행복했다.

그는 생각지도 않았던 부자가 되었는데, 그해에 경지 정리 지구로 지정되어서 농사짓기가 편리해졌다. 실로 하늘의 큰 도움이었다.

그는 당첨의 행운을 안겨 준 것은, 가난했지만 순박하고 정직하게 살다 세상을 떠난 선친의 도움이라며 농사를 더욱 잘 지을 것을 다짐하였다.

4.
아들 낳는대

* 논산지방-2017

쓰레질을 하고 나서 호락질로 모를 심는다. 어제까지도 비가 내려 내일 모를 심어야 한다고 걱정을 했는데 날씨마저 쾌청해서 모내기에 좋다. 쓰레질이 끝난 논에는 수없이 많은 곤충이며 개구리들이 새로운 들판에 제 세상인 양 뛰어다닌다. 하늘에는 제비도 먹이 사냥에 분주하게 날아든다.

혼자 모를 심는 남편의 수고에 위로해 주어야 한다며 점심밥을 정성껏 마련하여 걸음을 재촉하여 모 심는 들판으로 찾아가,

"길동이 아빠, 밥이 식어요. 어서 나와 드세요."

하고 재촉한다. 남편은 시장기가 들어 기다리는 참인데 아내의 목소리가 반갑기도 하다.

아내는 밥 들기 편한 자리를 찾아 함지박에 담아 온 밥을 꺼내 들어 권한다. 이에 남편은 혼자 먹는 것보다 함께 들자며 젖은 손으로 아내의 손목을 잡아 수저를 쥐어 준다. 넓은 들판에서 시원한 들바람을 쏘이며 오붓한 들밥 먹는 분위기가 새삼 정겹다.

아내와 함께 푸르러 가는 넓은 들판에서 시장기를 달래고 나니 피로가 풀린다. 여기에 아내의 정성 어린 들밥이 고마우면서 흐뭇한 기분이 여간 가볍다. 이는 아내와 함께 들밥을 먹고 난 뒤의 농부만이 느끼는 즐거움이리라.

속 이야기를 나누고 있을 때, 먹이 찾는 개구리가 음식 냄새를 맡았는지 함지박 곁에 여기저기 뛰어 든다. 그러자 남편이,

"이렇게 큰 개구리가 있나? 너 잘 왔다."

하면서 함지박 속 그릇을 비우고는 그 안에 개구리 대여섯 마리를 잡아 넣고 빈 냄비를 엎어 가둔다. 그러면서 수저를 들고 냄비 밑판을 덜렁덜렁 두드리면서 〈자장가〉를 장단 맞추어 부른다. 그것을 본 아내가 놀라 "뭣 하는 거야?"한다. 그러자, 남편이 하는 말.

"가만히 있어. 우린 딸만 셋이잖아. 아들 한번 낳자고! 이렇게 장단 맞추어 소리 내어 두드리면 개구리가 오줌을 눈대. 그 오줌을 딩신이 마시면 아들을 낳는다는 거야."

수줍어하는 아내는 얼굴을 붉힌다. 이웃 논에서 들려오는 소 모는 소리를 흘려듣는 농부의 아내는 짓궂은 남편의 놀이에 행복한 하루를 보낸다.

5.
벙어리 형제의
잔칫날

마산지방

1993년 11월 18일, 창원군 북면 승산리 추곡매장에서의 가슴 찡했던 일이다. 승산부락은 50여 호가 모여 사는 전형적인 농촌인데, 당일 출하호수는 45호로 출하량은 2,500여 포대였다.

한동안 추곡 수매검사를 하고 있는데, 남루한 차림의 중년 남자가 벼 더미 저쪽 끝에서 두 손을 모으고 하늘을 쳐다보며 중얼거리는 모습이 언뜻 보였다. 대수롭지 않게 생각하고 지나쳐 검사를 맞추고 검사 가방을 정리하려는데, 갑자기 말 못하는 출하자 두 분이 내 앞에 나타나 큰절을 한다. 뜻밖의 일이라 몹시 황당하였다. 영문을 모른 채 깜짝 놀라는 나에게 엄지손가락을 치켜들기도 하고 손짓 발짓을 하며 무엇이라 말하는 모습이 안타까워 동네 어른에게 이 사연을 물었다. 그러자 한 사람이 대변해서 말하기를, "이 두 사람은 형제간으로 말 못하는 벙어리인데, 그동안 20여 년간 농사를 지어 왔지만 오늘 처음 100% 1등을 받아서 좋아서 저런다." 이 말을 듣고 보니 보람과 감동을 느꼈다. 이것이 진정한 농심(農心)이 아닌가!

가슴 찐한 감정을 가슴에 자랑스러이 안고 추운 날씨임에도 피로를 잊은 채 참되고 사심 없는 마음으로 다음과 같이 외쳤다.

"벙어리 형제, 만세!"

6.
놀면
무엇하오!

* 명주지방

1992년에는 콩의 작황이 좋지 않아서 좋은 등급을 받지 못했다. 그런데 명주군의 어느 부락 39농가에서 출하한 콩 273포대가 전량 1등으로 검사되었다. 1등 콩의 품질이 같은 1등이라도 완전립[1]이 100%에 가깝게 잘 골라서 출하한 것이다. 검사원은 그 까닭이 궁금해서 출하한 어느 노인에게 물었다.

"이렇게 고르려면 품이 많이 들었을 텐데 어떻게 고르셨어요?"

"콩 3포대를 고르는데, 두 늙은이가 3일 밤낮을 소반에 콩을 놓고 골랐어요."

"그렇게 애쓰셨어도 3포대를 기준으로 해서 1등과 2등의 차액이 7,600원밖에 안 되는데 품값이나 되겠어요?"

"한겨울에 할 일도 없는데 놀면 무엇하오. 열심히 골랐으니 그나마

---

1 완전립(完全粒) : 그 품종 고유의 모양(粒形)과 보통의 여문 정도(熟度)를 가진 건전한 낱알(健全粒)을 말한다.

1등을 받은 게 아니요."

검사원은 더 할 말을 잊고 그 노인을 우러러보았다.

7.
20시간의
귀성길

구례지방

고향이란 인간의 가슴속에 향수라는 이름으로 가장 진하게 그리움의 터전으로 자리 잡고 있을 것이다.

전남 곡성군 죽곡면 고치리에 고향을 두고 부산에서 직장 생활을 하는 박 씨는 내년이면 지천명을 바라보는 중년 가장이다. 평소 효성이 깊은 박 씨는 지병의 부친을 일주일에 한 번 정도라도 간병을 하고 싶어 형편이 부치지만 중고 승용차 한 대를 사서 부산과 고치리를 매주 왕복하기를 일 년이 넘도록 하고 있다.

더구나 구정이란 대명절에 고향을 찾는 것은 절대 절명의 일이다. 초하루에 공동세배를 마치고 초이틀이 되어 귀가하기는 해야겠는데, 병석의 부친을 바라보니 마음이 무거워 엉덩이가 떨어지지 않는데 밖에서 내리는 눈송이가 점점 굵어만 간다. 병석의 아버님은 대단한 성화가 아니시다.

"눈이 더 쌓이면 못 간다. 어서 떠나라."라는 엄명이시다. 간병이 오히려 아버님의 마음을 불편하게 하여 병을 더 만들겠다는 심정에서 박 씨가 자리를 박차고 일어섰을 때가 오전 9시.

구례를 거쳐 하동, 진주, 마산, 수영까지는 어려운 눈길이라 해도 밤 11시에 도착했으니 그런대로 잘 풀린 셈이었다. 그러나 수영에서부터는 모든 차가 아예 움직일 생각을 않고 정차하여 버렸다.

지금껏 점심과 저녁을 굶고 운전대에만 매달렸던 나머지, 시장기가 일시에 몰려왔다. 마침 뒤 트렁크에 어머님이 행여나 싶어 손수 만드신 조청, 식혜, 찰시루떡이 있지 않은가? 난생 처음 맛있게 먹어 보는 어머님의 정성이 아니었다면, 가히 생각지도 못했을 것이다. 여기에서 향수는 다시금 박 씨의 심금을 뒤흔들어 놓는다.

차가 멈춘 것은 기상대 발표에 의하면 36년 만에 처음이라는 눈이 쌓여서 차바퀴가 돌아가지 않기 때문이란다. 그러나 차 몇 대에서 사람들이 모여 앞차를 밀어 어느 정도 전진시키고 또 뒤차, 또 다음 차, 이런 식으로 차가 움직이게 되니, 그 차가 나가면 얼마나 나아갈 것인가.

이런 식으로 움직이다 보니 부산 집에서 도착한 것이 이튿날 아침 6시. 만 20시간만의 고행 끝에 귀가에는 지장이 없었으나, 고향 때문에 겪어 보는 추억거리에 또 한 페이지가 진하게 채색되었으나, 그동안이라도 아버님의 병환에는 다소의 차도라도 있을는지……

8.
참 농인農人의
철학

* 여수지방

농촌 인구의 격감과 노령화로 가뜩이나 어려운 농촌에 설상가상으로 UR협상 타결이라는 거센 파도가 불어닥쳐 농민 모두가 절망과 실의에 빠져 있는 요즈음, 이와 같은 분위기에 휩쓸리지 않고 확고한 의지와 소신으로 농업에만 전념하고 있는 모범적이고 성공적인 농민이 있어 여기에 소개한다.

소개하고자 하는 사람은 여천시 봉계동에 거주하는 주○○ 씨로 당년 58세로, 7남매의 대가족을 거느리고 있는 가장으로서 이 지역 명문고등학교인 여수고등학교를 우수한 성적으로 졸업하였으며, 당시 고졸 출신이며 어느 직장이나 쉽게 취직할 수 있는 조건이었다. 사실상 당시 친구들은 현재 대부분 공직이나 사업가로 성장하여 지도적 위치에서 나름대로 사회에 봉사하고 있었다.

그러나 이 사람은 왜 애초부터 직장에는 뜻이 없고 힘들고 고된 농사의 길로 들어서게 되었는지, 그에 대하여서는 지금도 의문으로 남아 있다. 주위에서는 모두들 '일충'이라는 별명으로 통하고 있을 정도로

부지런함이 몸에 배어 있는 사람이다.

당시의 농업은 농업이 아닌, 말 그대로 농사였다. 육체와의 싸움이었으며 인간의 한계를 시험하는 시험장이라고 하여도 과언이 아닐 정도로 고되고 힘든 직업이다. 그러나 당시의 농민들은 이와 같은 작업을 운명으로 받아들였고, 강한 인내로 순응하는 데 만족했다.

특히나 이 사람은 타의 추종을 불허할 정도로 남보다 몇 배 몇 십 배 더 열심히 농사일에 관한 한 독보적인 경지에 통달했다고 자신 있게 말할 수 있다.

그 사람의 손은 닳을 대로 닳아 지문의 형체조차 감지할 수 없으며, 발가락은 말굽처럼 그렇게 단단할 수가 없다. 또한 얼굴과 피부색은 검은 물감을 뿌려 놓은 것 같은 인상을 받는다. 이와 같은 피나는 노력의 결과, 오늘날에는 중상류 이상의 경제적인 여유와 자산을 가지게 되었으며 주위 사람으로부터 존경과 부러움을 한 몸에 받고 있다.

좋은 결과는 반드시 원인이 있다는 산 교훈을, 우리는 이 사람의 실증을 통해서 볼 수 있다. 전 가족이 모인 가운데 지나온 과정을 얘기하면, 아버지의 퍼렇게 멍든 손을 만지작거리면서 눈물을 글썽이는 성장한 자녀들의 모습을 볼 때, 한 인간의 숭고함을 엿볼 수 있다.

자녀들이 한결같이 이제는 이 정도 살게 되었으니 제발 농사일만은 하지 말고 편안하게 사시라고 간곡하게 애원하면, 그 사람은 자녀들 앞에서 이렇게 당당하게 말한다.

"인간은 죽을 때까지 일을 하여야 한다. 아무것도 하지 않으면 그 인간은 죽은 목숨과 같다. 여유가 생겼다고 해서 마음을 놓아 버리면 그 틈으로 독충이 스며든다. 그것은 바로 불행의 시작이다. 나의 직업은 농업이고, 농업에는 정년(停年)이란 것이 없다. 너희들의 효심은 이해하나, 나는 나의 길을 갈 것이다."

나는 이 사람의 말을 들으면서 초인적인 능력의 소유자가 뒤통수를 내리누르는 것 같은 중압감을 느끼면서 이 시대를 살아가는 모든 사람에게 어떤 경종을 울리는 진실된 삶이 무엇인가를 깨닫게 하는 한 인간의 참된 모습을 보는 것 같다.

9.
정情 담아 보내는
메주

* 무안지방

서울에서 사는 아들과 딸네 식구들이 고향에 내려왔다가 눈이 내려 돌아갈 때 고생했던 설날이 엊그제 같은데, 벌써 들녘은 봄빛으로 물들어 가고 있다.

아내는 벼칠 전부터 메주를 널고 넷 개의 상자에 나누어 담아 포장하느라 무던히도 바쁜 눈치다. 식목일에 산소에 비석을 세우기로 했는데, 그때 애들이 내려오면 하나씩 주겠다는 것이다. 아내에게는 해마다 메주를 나누어주는 것이 일 년 중 가장 큰 행사 중 하나다.

서울 아이들은 차를 아직 사지를 못해서 고추, 고구마 등이 여간 불편한 짐이 아니다. 광주에 사는 큰딸은 차가 있어 수시로 들러 그런 것들을 집어 가지만, 서울 애들에게는 주고 싶어도 또 가져가고 싶어도 마음뿐이다.

그런데 서울은 공기에 먼지가 많아 장을 담가도 제맛이 나지 않을 뿐만 아니라 실제로 담그는 사람도 별로 없다고 한다. 장독은 햇볕을 쬐야 하는데 먼지가 무서워 안에 들여놓을 수도 없을 테고……

우리 아이들은 지금까지는 집에서 가져가 메주로 간장과 된장을 만들어 먹었다. 그런데 생각해 보면 이것이 꼭 현명한 것 같지가 않다. 셋방살이를 하는 처지에 장독을 놓을 자리마저 없어 주인 눈치를 살펴야 할지도 모른다.

그래서 서울 애들에게 메주를 보내는 것은 이번이 마지막이다. 다음부터는 공기 맑고 햇볕 좋은 이 시골에서 된장을 만들어 완제품(?)을 보낼 계획이기 때문이다. 또한 농사꾼 아버지와 어머니를 둔 자식들이기에 수입콩으로 담근 된장보다는 그편을 원하리라 믿는다.

10.
위기를 넘긴
아내의 순발력

* 보령지방-2017

아무리 가난해도 다달이 있다시피 하는 조상 제사를 거를 수가 없어 제사상에는 어떻게 하든 제주(祭酒)를 올려야 하고, 품앗이나 놉으로 농사일을 하기 위해서는 점심때나 아침저녁 나절에 제공하는 새참으로 농주를 빠트릴 수 없다. 그래서 우리는 술은 제의용품으로 또는 기호품으로 애용해 왔다.

이와 같이 술은 필요에 따라 자유스럽게 빚어 이용한 가양주로, 유구한 역사를 지녀 온 기호식품이며 전통음식이다. 그러던 것이 일제치하의 1907년 조선주세령(朝鮮酒稅令)을 발표하면서부터 1982년 전통주 발굴 지정까지 근 80년간 밀주단속(密酒團束)이라는 활극이 수시로 벌어져 온 마을에서는 첩보작전을 방불케 하는 초비상이 걸린다.

어느 날 하학하고 돌아오는 아들이 이웃집을 지나는데, 웬 낯선 사람들의 웅성거리는 목소리에 귀 기울여 들어 보니 밀주단속을 나온 단속반이다.

"이 양반, 콩밥 좀 먹어야 되겠네!"

하는 소리를 들은 아들은 허겁지갑 싸리문을 열고 들어오면서

"엄마, 술 조사 나왔어. 우리 어떻게 해?"하며 허둥대고 들이닥친다. 점심 먹다가 이 화급한 소리를 들은 부부는 혼비백산하여 누룩 넣어 둔 항아리를 찾는다.

남편은 이 누룩덩이를 들고 어디에다가 감출지 몰라 뒷마당으로 내닫다가 앞마당으로 달려들어 갈피를 잡지 못해 가쁜 숨을 몰아쉬며 우왕좌왕이다. 단속반은 이웃집에 있어 곧바로 들이닥칠 것으로 생각되니 당황해 등골이 오싹오싹한다. 얼굴은 창백하다. 누룩덩이를 들고 감출 곳을 찾지 못해 발만 동동 구르고 있는데, 곁에서 이를 본 아내가 "이리 줘!"하면서 낚아채 뒤뜰로 달아난다. 그러면서 초가지붕 추녀를 들어 올려 그 속에 쑥 집어넣는다. 그리고는 추녀 끝을 다독이며 감쪽같이 숨긴다.

언제 그런 일이 있었냐는 듯 태풍이 지나간 것처럼 고요하다. 남편은 땀을 닦으면서 아내의 순발력에 박장대소하며 감탄한다.

여덟째 마당

귀농 귀촌한
농사꾼의 하루

인간의 욕망이 이글거리는 삭막한 도시를 떠나
자연에 파묻혀 한줌의 삶을 여유자적하며 기다릴 줄 아는
농부의 마음을 가져보는 것도 무방하리라.

1.
귀농 1년차
농사꾼의 하루

* 청양지방—2017

새벽 5시가 되면 어김없이 눈이 저절로 떠진다. 부지런히 활동하는 새가 먹이를 먼저 구한다는 옛말이 있듯이 완전 초보의 농사꾼의 하루는 다른 사람보다 일찍이 일어나 농작물의 숨소리를 들어 보면서 하루 일과가 시작된다.

한 달 전에 파종한 작물 밭에 다가가 보니, 떡잎이 벌어져 새순을 내민다. 신비롭고 경이롭다. 이때 언뜻 방정환의 〈어린이 예찬〉 첫 구절이 떠오른다.

너는 씨앗이다.
작고 어린 네 존재는
언제나 세상에서
유일무이한 의미가 될 것이다.

"아, 귀여운 것!"

새순을 살짝 건드려 보았다. 마치 조몰락거리는 아기의 손같이 보드랍다. 엄마의 배안에 있다가 방금 나와 우는 애기의 가녀린 손 저음 같다. 들을 수는 없었지만 어서 나도 자라 귀농 초보 농사꾼에게 보답해 주고 싶다고 외치는 듯하다. 위대한 자연과 조화를 이루어 가는 숨소리를 듣고 자라는 새순의 모습에 가슴 설렘을 느꼈다.

귀농하여 내가 처음 뿌리고 가꾼 농작물이라 그런지 자식 같은 애착이 유난스러워 매일 관찰하면서 자주 보살피니, 주민들이

"저 사람은 매일 뭣을 하는 사람이여?"하곤 궁금해한다.

어느덧 농작물은 무럭무럭 자라 결실의 계절이 다가왔다. 수확의 기쁨을 만끽하면서 고참 농민의 수확량과 비교해 보았다. 신기했다. 단위 수확량이 완전 초보 농사꾼의 수확량이 더 많았다. 농작물은 농사꾼의 발자국 소리를 듣고 자란다는 말처럼 관심을 갖고 보살펴 주면 그 은혜를 저버리지 않는다는 사실을 새삼 깨달았다.

이만하면 성공한 초보 농사꾼이 아닌가요?

2.
귀농 초보자의
설움

귀농 초보자의 설움이 뭉떵 묻어나는 하소연을 들어 본다.

"농사하면 '농'자도 모르는 사람이 농사를 짓겠다고 낙향을 했다. 아무리 어깨 니머로 배운다지만 그리 쉽지 않다.

과일나무는 어떻게 전지를 해야 하는지, 요리조리 살피다가 끝내 못자르고 아끼다가 열매를 맺어 수확할 때면 잘못을 깨닫게 된다. 곡식도 언제 파종을 해야 되고, 언제 시비를 해야 하고, 또 병충해는 어떻게 대처해야 하는지 어렵다. 어떤 병충해가 방생하면 무슨 농약을 써야 하는지, 그리고 그것인 충인지 균인지 구별하기도 힘들다.

전답을 둘러보러 가면 논두렁, 밭두렁을 걷다가 그냥 오곤 한다. 무엇을 보고 왔는지 한심스럽다. 농작물을 살피는 것은 성장과 병충해를 살펴보고 제때제때 처방을 해야 되는데, 건달이라 그런 게 보이지 않는다.

결실을 맺기 시작하면 마냥 즐거워 시비만 아끼지 않고 해서, 때로는 전문 농사꾼보다 수확이 좋을 때도 있다. 유기농법은 새빨간 거짓말이다. 농약을 쓰지 않고는 수확이 하나도 없다. 농약을 쓰고 출하 날짜만 지키면 그게 유기 농법 같다.

농사꾼에게 물어보는 것도 한두 번이지, 자꾸 물어보면 짜증스러워한다. 그저 나만의 체험이 배움의 지름길인 것 같다."

귀농 선배의 값진 실전의 경험담을 들어 본다.

"경험 없이 시작하는 초보자의 농사는 실패를 경험하게 되는데, 이것이 농사일이다. 서두르지 말고 기다릴 줄 알아야 한다. 그러다 보면 몸으로 부대끼는 농사를 통해 한해 두어 가지씩 터득해 가는 기술은 큰 자산이 되고, 이것이야말로 귀농자의 성공의 길이다."

3.
즐거운
주말 농장

* 대전지방-2017

산업현장에 몸을 담고 있으면서 언젠가는 흙냄새를 맡으며 향수 어린 농촌으로 돌아가리라 염원한 지 오랜 세월이 지났다. 농촌에서 태어나 부모님 슬하에서 유소년 시절을 보내며 농사를 거들고 살아왔기에, 넉넉하고 아늑한 정이 서려 있는 널따란 들녘 풍경들이 그리움으로 남아 있다.

그러하기에 현직에 있으면서 노후 준비로 마련해 둔 밭 700평을 '주말농장'이란 이름으로 만들어 아내와 더불어 자연을 벗하며 즐거운 여생을 보내기로 하였다. 매인 몸이 아니기에 주말이 아닌 평일에도 자주 드나들었다.

작물에 맞는 이랑을 만들어 상추, 배추, 열무, 쑥갓, 아욱, 시금치, 갓 옥수수, 가지 등 일상생활에 필요한 작물을 골고루 심었다. 양지바른 한쪽 자리에는 사과, 배, 복숭아도 심었다. 땀 흘려 일을 하면서 쉬기 위한 원두막을 아담하게 세우기도 했다.

내 마음에 따라 심어진 작물이 자연의 위력으로 응답하면서 새싹이

뾰족이 올라오는 신비스러운 귀여운 자태, 소문도 없이 무럭무럭 커가는 식물들을 바라보면 그렇게 즐거울 수가 없다. 농사를 지어 본 사람만이 느낄 수 있는 환희다.

마트에 가서 사서 먹는 편리함보다는 내가 직접 땀 흘려 가꾸는 불편을 선택하면서까지 주말 농장을 하는 것은 타산이 맞는 일은 아니지만 내 손으로 직접 키우고 수확하는 농사의 즐거움을 누리기 위함이리라.

안전한 먹을거리를 내 손으로 만들어 먹는다는 그 기쁨, 내가 재배한 것들을 주위에 나누어 줄 때의 즐거움, 열심히 가꾼 유실수가 풍성하게 매달린 열매를 보면 그렇게 흐뭇할 수가 없는데, 결실기에는 참담함을 어떻게 표현해야 할지 병충해에 시달린 열매는 먹을 게 없다.

무거운 퇴비를 운반해 가며 키워 온 아내의 불만에도 미안한 마음이다. 그러나 여름내 땀 흘려 짜증을 부리던 아내는 가을이 되어 수확한 작물이 가득히 쌓인 것을 보고 흐뭇해하며 즐거운 미소를 짓기에 나도 덩달아 즐거웠다.

농장은 도장(道場)이었다. 농장 농민에게 물어보면 그 대답은 정직이다. 작물은 그 대답대로 자란다. 흙에서 배운 정직, 그래서 농민도 정직하다.

농장 인심은 넉넉하다. 도시의 아파트 인심은 삭막한데 농장의 인심은 넉넉해 곧 이웃이 되어 친해진다. 농장은 나누는 정 또한 두텁다. 수확량이 많든 적든 상관하지 않고 농장의 마음의 정을 전하고 싶어 한다.

인간의 욕망이 이글거리는 삭막한 도시를 떠나 자연에 파묻혀 한 줌의 삶을 여유자적하며 기다릴 줄 아는 농부의 마음을 가져 보는 것도 무방하리라.

아홉째 마당

농산물공판장의
별난 농담들

1.
검사님!
검사님!¹

* 완도지방

한 농산물 검사원이 공판장에 출하한 추곡을 단독으로 검사하고 나서, 이장단과 점심을 먹게 되었다. 마침 그곳으로 부임해 온 순경 한 사람이 인사차 방문해 와서 인사를 끝내고도 돌아가지 않고 부동자세로 서 있었다. 그러자 이상들이 서마다 앞을 나투어서, "검사님!"

"검사님!"

하며 술을 권하는 것을 보고 긴장하여 앉지도 못하고 서 있었다. 검사원은 순경의 눈치를 재빨리 알아차리고 악수를 청하며 이렇게 말한다.

"나는 나락 검사원이요."

1 　검사원 : 농민이 생산한 농산물을 판매하고자 할 때, 정부에서 지정한 날짜와 장소에 내오면 이를 농산물검사법에 의하여 검사 사격을 부여받은 직원이 가격 지불 기준이 되는 등급을 결정하는 국가공무원을 말함

2.
컬러가
좋아야 하는데

* 광주지방

맥주보리는 도복이 되면 잘 여물지 않아서 등외 또는 불합격으로 처리되어 폐농하기 십상이다. 그래서 맥주보리 주산단지에서는 농민들이 좋은 등급을 못 받을 경우에는 재담으로 그들의 불만을 달랜다.

"맥주보리가 식전에 자빠져서 등급이 나쁩니다. 조반이라도 들고 자빠졌으면 2등이라도 받을 텐데……."

그리고 맥주보리가 비를 맞거나 늦게 수확하여 변색된 탓에 1등을 받지 못한 농민에게는 진한 농담을 한다.

"맥주보리의 컬러는 백색의 단색이 좋습니다. 처녀의 흰 젖무덤 같아야 1등을 받습니다."

3.
꼬리표[2] 까지
바꾸어야

* 곡성지방

벼 검사를 할 때 먼저 중량을 검사한다. 개인별로 출하한 벼의 중량을 검사를 하는데, 어느 한 농가에서 출하한 벼의 중량이 부족하다.

"아저씨, 다시 한 포대 가지고 와 보십시오."

그것노 중량이 부족하다. 불합격이다.

"다시 가지고 올 터이니 한 포대만 더 계량해 주시오."

사정이 딱하여 허락하였는데, 이번에는 합격이다. 이상해서 살펴보니 남의 꼬리표가 붙은 것을 가지고 와서 합격한 것이다.

"아저씨, 그럴 바에는 꼬리표까지 바꾸어야 속아 넘어 갈 게 아니요? 한 수 더 배워 와야……."

---

2 꼬리표 : 농산물검사법에 의하여 검사를 받을 농산물에는 종목, 생산년도, 실중량, 수검자 등을 기재하며 곡물, 서류, 특용작물류의 경우, 45㎜×105㎜ 크기의 표를 포장물의 소정된 곳에 결부한다.

4.
한 번 더
사 보라고

* 곡성지방

이 씨는 부인과 함께 통일벼 26포대를 경운기에 싣고 공판장에 나갔다. 검사원과는 평소에 안면이 있어서 정중히 인사를 나누고 부인에게는 먼저 집으로 가라고 하였다.

"아니요. 검사를 마치고 돈을 가지고 가야 해요."

부인은 남편이 수매한 돈을 축낼까 봐 공판장에서 머무르고 있었다. 다행히 출하한 벼는 모두 1등이었다. 이 씨는 매상한 돈을 모두 부인에게 주면서 사정해서 그 돈에서 3만 원을 용돈으로 받았다.

이 씨는 그 돈으로 친구들과 막걸리 한 잔씩을 마셨다. 그때 자리를 같이한 친구인 농협 직원이 "마침 주택복권 두 장이 남았으니 사 보게. 모두 1등 맞은 날이니 횡재할지 누가 아나?"하며 이 씨의 의향을 떠보았다. 이 씨는 물론 오케이였다. 당첨되면 둘이서 나눠 갖는다는 약속도 하였다. 두 장의 복권 가운데 한 장이 천우신조로 3등인 100만 원에 당첨되어 두 사람은 횡재를 하였다. 그 후에 만나는 사람마다 그들에게 똑같은 말을 하였다.

"한 번 더 사 보라고!"

5.
선견대에서의
신선 잠

* 곡성지방

6월의 어느 날, 이 서기(검사보조원)는 누에고치의 검사에 관한 업무를 익히기 위하여 선배 검사원을 따라서 각종 기자재를 챙겨 가지고 공판장에 도착하였다.

잠견 공판장에는 다른 공판장에서는 볼 수 없는 비스듬한 침대(?)가 하나 놓여 있다. 먼지 하나 없이 정성스레 닦아 놓은 것은 검사원을 특별히 모시기 위해 마련한 것이라 생각하고 선배에게 물었다.

"여기에서 한숨 자면 노곤한 초여름의 몸이 한결 가볍겠습니다."

뜻밖에도 선배의 충고가 따가웠다.

"이봐, 이 선견대[3]가 침대로 보이나? 하기야 침대로 보일 수도 있지. 우리 동료 중에 이 훌륭한 침대의 유혹을 뿌리치지 못하고 등을 붙이고 초여름 낮을 여유 있게 즐기고 있던 중에 윗분의 점잖은 방문을

---

3 선견대(選繭臺) : 누에고치를 검사하기 전에 등급판정에 영향을 주는 나쁜 고치를 골라내기 용이하게 만들어진 기구로, 허리춤 높이로 세운 장방향(침대모양과 비슷)의 대(臺)로서 3㎝~4㎝의 널빤지를 약간의 간격을 두어 만들어 그 위에 누에고치를 쏟아 고른다.

받게 되었다네. 그래서 비몽사몽간에 하는 잠꼬대까지 윗분이 받아 갔다네."

"그 뒤에 어떻게 되었습니까? 선배님."

"그야 박장대소지, 뭐⋯⋯."

6.
전부
1등 맞을 징조?

* 곡성지방

김 검사원이 아침 일찍 조반을 먹고 추곡 검사 현장에 도착해 보니, 수매량을 면소재지 소재 농협창고에 당일 입고하는 관계로 벼 가마니를 부락 앞 도로변에 미리 쌓아 놓고 있었다.

그중 일부는 논둑 높은 도로변에 쌓아 놓아서 그 더미를 검사하려고 하니, 도로 쪽은 아무런 문제가 없으나 뒤편 논둑 쪽은 두둑이 높아 허리를 활처럼 굽혀서 검사를 해야 했다. 아침을 먹은 지 얼마 되지 않아 속이 거북해서 전라도 사투리로 한마디 내뱉었다.

"아따! 금방 먹은 밥이 되려 나와 불라고 허내 잉!"

그때 바로 옆에 있던 산업계장이 갑자기 '뽕' 하고 방귀를 뀌었다. 이 광경을 지켜본 부락 이장이 지체하지 않고 거들었다.

"웟따, 검사원은 위로 싸고, 산업계장은 아래로 싸니 이것은 오늘 우리 부락 검사가 전부 1등 맞을 징조야."

7.
세긴 뭐가 세

장성지방

아직 이른 아침인데도 공판장은 벼를 출하하는 농민들로 분주하다. 그 가운데 한 노인이 벼 포대를 젊은이 못지않게 불끈불끈 들어 올리고 있다. 초면은 아닌 듯싶은 한 젊은이가 노인에게 농담을 한다.

"영감님, 아직도 세요."

노인은 이마에 맺힌 구슬땀을 닦으며 응답한다.

"이 사람아, 세긴 뭐가 세? 이놈의 팔자가 세지. 허허……."

8.
안경을 달라

* 단양지방

1992년 12월의 어느 날, 담양군의 어느 옥수수 공판 현장에 할아버지 한 분이 옥수수 20포대를 직접 출하하였다. 출하한 옥수수는 검사원이 모두 1등 판정을 하였다. 그런데 어찌된 영문인지, 이 광경을 지켜보고 있던 할아버지는 1등 판정이 못마땅한 기색이었다.

"검사원 나리, 우리 마을에서 출하한 사람은 안경(2등 증인표시)도 주는데, 내 것은 왜 안경을 안 줍니까? 제발 더도 말고 안경 5포대만 주시오."

"할아버지는 안경보다 더 좋은 등급을 받았어요."

"아니요. 안경이 더 났잖아요?"

"할아버지, 그런 것이 아니라……."

검사원은 그날 할아버지를 이해시키느라고 진땀을 흘렸다.

9.
몸 달아 혼났네!

* 진천지방

1993년 1월의 어느 날 아침 8시. 홍 검사원이 추곡공판장에 도착해 보니, 관계기관이나 창고의 문이 모두 닫혀 있었다. 그리고 창고 문 앞에는 한 할아버지와 젊은이가 서 있었다.

"아직까지 '검사원 놈'은 안 나왔나?"

할아버지가 젊은이를 보고 말하였다.

"그렇게 말씀하시지 말아요. 검사원이 나왔는지도 모르잖아요."

바로 곁에서 두 사람의 대화를 듣고 있던 검사원이 끼어들었다.

"제가 검사원입니다."

할아버지는 검사원이 권하는 담배 한 개비를 태우면서 몸 둘 바를 몰랐다. 그리고 얼마 후에 검사가 시작되었다. 할아버지가 출하한 포대는 40포대였다. 검사하는 동안 할아버지는 줄곧, '검사원이 감정을 사서 등급을 낮추면 어떻게 하나?' 하는 눈치였는데, 염려하는 바와는 달리 모두 1등을 맞았다. 그제야 마음을 놓고 솔직하게 말하였다.

"몸 달아 혼났네!"

10.
아니야, 1등 줘!

경기지방

지난날의 누에고치 등급은 제일 높은 등급이 2수동이고 그다음이 수동, 1등, 2등의 순으로 되어 있다. 그런데 등급 순위를 잘 모르는 한 할머니가 내올 때엔 이따금씩 웃지 못할 해프닝이 벌어진다.

"할머니, 누에고치의 등급은 2수동입니다."

"검사원 양반! 1등을 주지, 왜 2수동을 주나."

"2수동이 가장 높은 등급입니다."

"아니야, 1등 줘!"

"그게 아니라니까요. 2수동이 더 좋은 거라구요."

11.
'이수등'이라는
남편 이름에
눈물 흘 리는 부인

* 공주지방

1985년 당시, 용하면 산업계장 이수등 씨는 봄 누에씨를 배부하기 위해 오토바이로 출장을 다니다가, 점심시간에 자기 집에 들러 부부가 함께 점심식사를 하였다.

"올해는 당신 혼자 누에 좀 쳐 봐."

"걱정 말아요. 나 혼자서도 할 수 있어요."

부부가 이렇게 다정하게 이야기를 나누었는데, 이 씨는 식사 후에 오토바이를 몰고 집을 나간 지 채 한 시간도 안 되어서 교통사고로 불귀의 객이 되고 말았다.

부인은 처음으로 혼자서 누에 농사를 지어서 공판장에 가지고 나왔다. 검사원은 누에고치가 품질이 좋아서 2수등이라며 여러 사람 앞에서 칭찬을 하였다. 그 순간 누에고치 2수등을 받은 젊은 부인이 목놓아 울었다. 그런 젊은 부인을 보고 곁에 있던 사람들도 덩달아 울었다.

검사원은 영문을 몰라서 검사를 중단하고 자초지종을 물었다.

"왜 우십니까? 제가 무엇 잘못한 것이라도 있습니까?"

부인은 자기 남편과의 지난 이야기를 하면서 눈물을 닦았다.

"2수등(남편 이름이 이수등)이라고 하는 순간, 남편의 얼굴이 번득 떠올라 그만 저도 모르게 울음이 나와서……, 죄송합니다."

점심을 먹으면서 한 말이 현실이 된 가슴 아픈 장면이었다.

12.
그러면 안 돼!

* 통영지방

할머니는 혼자서 농사를 지어서 벼 16포대를 출하하였다. 검사 결과 16포대 모두 1등을 받았는데, 할머니는 등급증인이 날인되어 검사가 끝난 줄도 모르고 검사원과 종사자들에게 1등을 달라고 애원하였다. 짓궂은 종사원 한 사람이 어리광을 부리듯이 등급표시를 모르는 할머니에게 농을 하였다.

"방금 할머니 벼를 보았는데, 2등밖에 안 되어 보입니다."

"그러면 안 돼, 이 늙은이가 죽을 고생해서 지은 것인데 1등이 아니면 안 돼!"

결국 검사원이 나서서 할머니를 안심시켰다.

"할머니 벼는 모두 1등으로 검사가 완료된 지 오래되었습니다."

"무식해서……."

13.
부조하는 셈 치고
내 것 1등을

* 거제지방

1990년, 울주군의 한 추곡 수매 공판장에서는 수검 농민이 자기 출하품의 등급과 다른 출하품의 등급을 비교하면서 검사원을 졸졸 따라다녔다.

그런 분위기에서 검사를 반쯤 마치고 다른 더미의 검사를 하려고 할 때, 수검자 중에서 80세가량으로 보이는 노인 한 분이 미소를 지으며 검사원에게 다가가 말을 건넸다.

"검사원, 이것 내 것일세. 내 죽으면 부조하는 셈 치고 내 것 1등 주소."

그 순간 곁에 있던 수검자들의 시선은 검사원에게 집중되었다. 검사원은 얼른 대답을 못하고 색대⁴로 포대를 찌르면서 물었다.

"몇 대를 출하하셨습니까?"

"모두 7포대요."

검사원은 벼를 보는 순간 난처했다. 품위가 거기에는 미치지 않았다.

---

4 색대 : 섬, 가마니 포대 속에 든 곡식 따위를 찔러서 빼내어 보는 연장. 일명 간색대, 태관(兌管).

검사원의 양심상 위격 검사를 할 수도 없고, 수검자들이 따라다니며 보고 있는 상황에서 등급을 잘못 판정할 경우 정실검사를 한다는 민원의 소지가 있을 수 있다. 그렇다고 파리하게 여윈 노인의 마지막 유언 같은 말 한마디를 거절할 수도 없는 묘한 심정에서 갈등하다가 자신도 모르게 "좋습니다."

하고 말았다. 검사원은 주위의 수검자들로부터 찬사를 받으며, 한 건의 이의 신청도 없이 검사를 마쳤다.

14.
저승 가서
1등 받았다 쿠거로

* 고성지방

어느 날 수매 검사장에서 한 농민이 자기 벼 더미에 검사원이 다가오자 벼 더미를 가리키며 말하였다.

"검사원, 동진벼는 엎어져도 한 잔 먹고 엎어진다는데, 그 벼는 동진벼요. 태풍에 쓰러져서 조금 안 좋은데 30개 무조건 1등 주소. 80노모가 조제 포장하여 놓고 돌아가셨는데 오늘 삼우제를 지냈소. 내가 큰아들이오."

전량이 1등으로 결정되자, 이웃 농민 한 사람이 말하였다,

"저승 가서 1등 받았다 쿠거로."

15.
선생님,
그것도 모르세요?

* 창녕지방

1988년 12월의 어느 날, 이날은 6개 부락이 한 공판장에서 검사를 해야 하는데, 수용할 장소가 없어서 임시로 어느 초등학교 운동장을 수매장소로 활용하였다.

검사를 막 시작하려는데 마을 서당 선생님 한 분이 찾아와서 검사원에게 인사를 하였다.

"추운 날씨에 농민들을 위해 수고가 많으십니다. 내가 등급증인 날인을 도와주고 싶은데 괜찮겠습니까?"

검사원은 그 선생님의 호의가 고마워서 등급증인 날인하는 방법을 알려 주었다.

"등급증인 날인은 산수에서 숫자 계산과 같아 하나라도 잘못 날인되면 수정을 할 수 없으니 내가 호칭하는 대로 정확히 날인하여야 합니다."

얼마 동안 검사를 진행하고 있는데 어린이들이 쉬는 시간에 구경하려고 몰려왔다. 마침 그때 그 서당 선생님이 갑자기 검사원에게 물었다.

"검사원, 어느 것이 1등이고 어느 것이 2등이고 어느 것이 등외입니까?"

그 말을 듣고 있던 한 어린이가 검사원이 답하기도 전에 앞서 나섰다.

"선생님, 그것도 모르세요? 선생님은 무엇이든지 다 아시는 줄 알았는데……."

그러자 출하자 한 분도 거들었다.

"알아야 면장을 하지."

16.
어디 까오, 공판 까오,
빨리 까오

* 평창지방

1993년의 어느 날, 이○○ 검사원은 평창군 대화면 대화리 추잡곡 공판장에서 날이 저물 때까지 출하한 2,413포대의 검사를 모두 끝냈다. 그리고 검사 증인과 일부인 등의 검사용품을 챙기고 농협 직원으로부터 일계표를 받아 귀청 준비를 하고 있는데, 70세가량의 노인 한 분이 요즘 보기 드물게 리어카에 옥수수 6포대를 싣고 땀을 뻘뻘 흘리며 공판장에 들어섰다.

"공판이 다 끝났는데 이제 가지고 오시면 어쩝니까?"

공판장 주위에 있던 농민들이 노인에게 핀잔하듯 말하였다. 검사원도 다시 검사가방을 풀어서 검사를 해야겠다는 생각은 하면서도, 한편으로는 늦게 온 노인이 원망스러웠다.

"영감님, 몇 포대 되지 않는 것을 이렇게 늦게 가지고 오시면 어떻게 합니까?"

"검사원님, 성질 내지 말고 내 말 좀 들어 보시오."

노인은 천연스럽게 말을 이어 갔다.

"나는 저 산 너머 동네에서 자식도 없이 할멈과 둘이서 밭농사만 해 먹고 사는 늙은이인데, 아 글쎄 집에 하나밖에 없는 10년 된 괘종시계가 나보다 먼저 망령을 부리는지 밥은 잘 먹으면서도 가지를 않아. 그래서 오늘도 두 늙은이가 부지런을 떤다고 서둘러서 고개를 넘어오는데, 저놈의 고물 리어카가 방귀를 뀌는 바람에 오늘 공판대기는 다 틀린 줄 알았지.

그런데 머리 위에 까마귀 두 마리가 나타나더니 '어디 까오, 어디 까오' 묻지를 않겠어? 그래서 나는 '공판 까오, 공판 까오' 하고 대답을 하니 이 까마귀란 놈들이 앞서가면서 '빨리 까오, 빨리 까오' 하고 재촉을 하기에 빵꾸 난 리어카를 끌고 빨리 오느라고 왔는데도 이제 왔으니 낸들 어쩌겠소. 늙은이 정성과 까마귀 정성을 봐서라도 제발 아무 말 말고 판정이나 잘해 주시오."

"하하하……."

공판장 종사원과 농민들이 배꼽을 잡고 웃었다.

17.
누에고치를 보니
일을 저질렀군요

* 장성지방

어느 누에고치 공판장에서 검사원과 출하한 아주머니가 농담을 주고받았다. 검사원이 아주머니가 출하한 누에고치에서 쌍고치[5]가 많은 것을 보고 말하였다.

"아주머니는 부부 금실이 좋은가 봅니다. 쌍고치가 많은 것을 보니……."

아주머니는 기분이 좋아서 명랑하게 농담을 받았다.

"막내 쌍둥이를 낳고 보니 누에고치도 나를 닮았나 봐요."

이쯤 되니, 검사원은 한술 더 떴다.

"혹시 누에고치 올린 방에서 아저씨와 밤을 새우신 거 아닙니까?"

"촌에서는 안방, 건넛방이 어디 있다요! 바쁘면 아무 데서나 자는 거지요."

---

5 쌍고치 : 두 마리의 누에가 합동하여 고치를 지었을 경우 이것을 쌍고치, 동공견(同功繭), 옥견(玉繭)이라고 부른다. 쌍고치는 누에가 고치를 지을 시기가 늦었을 때, 섶의 일정 면적에 누에 마릿수가 많았거나, 도는 올린 누에가 고르게 올리지 않았을 때 이 고치가 많이 생긴다.

"글쎄, 누에고치를 보니 일을 저질렀군요."

"……."

18.
제발 고무장갑을 끼고
검사하시오!

* 포천지방

홍 씨는 공판장에 출하한 벼가 수분이 많아 불합격을 맞아 집으로 가져왔는데, 건조할 장소가 마땅치 않아서 다음 공판장에 혹시나 하고 그대로 출하하였다.

그런데 지난번과 마찬가지로 또 수분 불합격을 받았다. 도대체 검사원의 손은 어떻게 생겼기에 그 추위에도 왼쪽 손에 장갑도 끼지 않고 건조 불량을 잡아내는지, 그 손이 원망스러웠다. 자신의 잘못은 생각지도 않으면서……

홍 씨는 할 수 없이 세 번째는 건조를 시켜서 검사를 마치고 검사원에게 고무장갑 한 켤레를 선물하면서 말하였다.

"제발 고무장갑을 끼고 검사 좀 하시오."

19.
공판장 반짝
재치 모음

- 여름철 검사원이 땀을 뻘뻘 흘리면서 검사하는 장면을 보고
  "육수를 너무 많이 흘려 저녁 일에 지장이 있겠는데?"
  "저 육수 좀 봐! 증발시키면 소금이 서 말은 나오겠다."

- 등급 격부 과정을 조마조마하게 지켜보다가 등급을 받았을 때
  "아! 오늘 토정비결이 좋더라."

- 공판장에서 기관장이 제발 상위등급을 달라고 애원하면서 하는 말
  "지역구 관리 좀 하게……."

- 공판장에 내온 벼가 신통치 않아 낮은 등급이 나올 때
  "제 딸이 고와야 입에 맞는 사윗감 고르지."

- 수분 초과로 인해 수분측정기를 이용하여 다시 측정했을 때

"어떤 놈이 할 일이 없어 저런 것을 만들었을까?"

* 산청지방

- 벼 수분 측정으로 불합격품이 나왔을 때

  "침종[6] 때부터 물속에서 물만 먹고 있는데 수분이 많을 수밖에. 다음에는 이빨이 아프도록 말릴 테니 이번만 눈 감아 주소."

- 검사를 하고 나가는 도중 등급 증인이 없는 포대가 있자

  이장 : (큰 소리로) "저기 등급증인이 빠졌소."

  검사원 : (출하한 농민을 보면서) "주인에게 물어보시오."

  주인 : (겸연쩍은 인상으로) "눈 밝데이, 다 속여도 검사원 눈은 못 속여.

  (이유 : 구곡[7]이었기 때문)

* 남해지방

---

6 침종(浸種) : 싹이 빨리 트게 하려고 씨앗을 물에 담가 불림 또는 그런 일

7 구곡(舊穀) : 구곡은 생산한 연도가 다른 지난해 생산된 곡식을 말한다.

20.
검사증인[8]
고사告祀

* 영월지방

국토 건설단이 산지를 계단식 농지로 개간한 곳은 다른 농지에 비하여 한발이 극심하여 보리의 작황이 좋지 않았다. 그래서 그곳 농민들은 하곡 수매 때마다 좋은 등급이 나오지 않은 탓에 불만이 많았다.

그곳의 히곡수매 검사를 맡은 김 검사원은 농민들이 출하하기 전에 오토바이를 타고 가가호호를 방문하며 사전지도를 하고, 그들의 자질구레한 심부름까지 맡아서 해 주었다. 어느 때는 식중독 환자를 오토바이로 7㎞ 떨어진 병원까지 태우고 가서 입원 치료를 해 주기도 하였다.

그러는 사이에 하곡을 수매하는 날이 다가왔다. 검사원으로서는 어떻게 하면 출하자들의 흥겨운 하루가 될까 걱정이 되었다.

아침 일찍 공판장에 도착하여 출하더미를 대충 점검한 후에 출하자들

---

8 검사증인 : 농산물검사공무원이 검사한 결과를 농산물의 포장 또는 표전에 증명하기 위하여 찍는 도장

을 불러 모았다. 그리고 품위가 좋은 더미 앞에서 수매 안내 사항을 간단히 설명한 후에 수매에 종사할 요원의 업무 분담을 부탁하였다.

"이장은 총괄, 색대미[9] 취합은 그 동네에서 제일 말썽꾸러기, 등급 증인은 부락에서 신뢰도가 높은 사람이 맡도록 합시다."하고 협조요청을 하였다. 출하자 모두 쾌히 승낙하였다.

다음엔 공 가마니 한 장을 더미 앞에 깔고, 더미 맨 위 포대에 등외 증인을 꽂고, 1등과 2등은 그 옆에 나란히 꽂았다. 그것을 본 이장이 1등밖엔 없다며 등외 증인과 2등 증인을 뽑고 1등 증인만 단단히 박았다.

검사원은 검사가방에서 제물을 꺼내 공 가마니 위에 진설하였다. 제물이라야 사이다 두 병에 소주 한 병이었다. 출하자들은 처음 보는 구경거리였다.

담배 한 대에 불을 붙여서 증인의 동그란 부위에다 꽂아 놓고는 "조용히 하십시오. 이제부터 이 동네 부자 되고 각 가정마다 건강하시라고 잠박 고사를 올리겠습니다. 제일 먼저 총괄님께서 잔을 올리시오." 하니까, 이장이 잔을 붓고 넙죽 절하며 즉석에서 "모두 1등을 받으라!"라는 축을 읽었다. 다음엔 증인 찍는 사람, 색대미통 관리자, 검사원, 농협, 면직원 등 돌아가며 절을 하다 보니 사이다가 떨어졌다. 그러자 어떤 사람은 막걸리 값을 제상에 올려놓고, 어떤 사람은 1등 증인에 새끼줄을 매어 막걸리 값을 줄 사이에 끼워 넣었다.

9　색대미통 : 가마니, 포대 등에 들어 있는 곡식 따위의 품위를 감정하여 검사등급을 결정하고자 색대로 찔러서 나오는 곡물을 낙곡이 되지 않도록 수합하는 용기

고사를 마치고 검사를 실시하니 처음부터 1등이 쏟아졌다. 출하자들은 모두 환호하였다. 그 사이에 2등 등외가 나와도 서운한 기색이 없었다. 검사증인 고사 덕을 톡톡히 본 것이다.

21.
품종감별로
다시 찾은 벼 세 포대

* 해남지방

한 동네에 사는 박 씨와 이 씨는 옆집 김 씨네 경운기에 벼 포대를 싣고 공판장에 가서 내 것 네 것 없이 세 집 것의 개수만 세어 가며 적재하였다.

박 씨는 자기 벼 포대를 찾아서 표시를 하였다. 그런데 김 씨가 세 집 것을 틀림없이 싣고 왔는데 3포대가 부족하다고 하자, 이 씨가 박 씨 것 중에서 3포대는 자기 것이라고 우겨댔다. 검사원은 몇 포대를 저울질하여 검자[10] 도장을 찍어 주고 두 사람에게 물었다.

"무슨 벼를 가지고 왔습니까?"

박 씨는 '화성벼'라고 하고 이 씨는 '계화벼'라고 했다. 검사원은 각 포대마다 색대질을 하여 화성벼와 계화벼를 구별해 냈는데, 박 씨 것은 정확히 맞고 이 씨 것은 3포대가 부족하였다.

"이 씨 아저씨, 집도 가까우니 한번 집에 다녀오세요. 무언가 착각하

---

10 검자 : 중량검사 합격했다는 증인

고 있을지도 모르니까요."

검사원은 박 씨와 이 씨의 것은 나중에 검사하자며 다른 더미로 검사하러 갔다.

한참 후에 이 씨가 벼 3포대를 싣고 와서 몸 둘 바를 몰라 했다.

"검사원님, 죄송합니다. 집에 있는 것을 모르고 그만……."

22.
만약에
오판을 했더라면…

* 안성지방

어느 날, 공판장에서 김 검사원이 출하한 벼를 검사하고 있는데 어느 더미를 마치고 나자 수검 농민들이 박장대소를 하며 그를 쳐다보았다.

"왜 나를 보고 웃지요? 내 얼굴에 무엇이 묻었어요?"

그는 자기의 복장을 아래위로 살펴보기도 하고 뒤도 돌아보면서 이상하게 생각했다. 농민들의 표정은 그를 놀리려는 표정이 아니었다. 한 농민이 정색을 하며 말하였다.

"그런 것이 아니라, 김 검사원님은 오늘부터 족집게 백수무당입니다."

그때 박○○이라는 사람이 다가오더니, "귀신은 속여도 김 검사원님은 못 속이겠군요. 정말로 족집게 무당입니다."

하며 자초지종을 털어놓았다.

"내가 농사 경험은 많지 않지만, 만약 검사원이 잘못 판정하면 시비를 걸려고 아침부터 술을 마시고 공판장에 나왔습니다. 그 이유는 지난 공판에 나온 벼 20포대가 수분 불합격이 되었는데 말릴 수도 없고 해서 그냥 가져왔고, 말린 벼 5포대도 가지고 나와서 이곳저곳 서너 군데로 나누어서 인근 출하자 틈에 끼웠습니다. 그랬더니 지난번 20포대는 또 수분 불합격이 되고 말린 벼 5포대는 합격되었으나, 4포대는 2등이고 1포대는 등외를 주었어요. 그래서 점심시간에 검사품 5포대를 이곳저곳에 뒤집어 놓고 다시 검사를 받아 보니 또다시 4포대는 2등, 1포대는 등외가 아니겠어요? 두 손 번쩍 들었어요. 족집게 백수 무당! 용서해요."

김 검사원은 하도 어이가 없었다. 이 사실을 어떻게 받아들여야 할지, 선뜻 생각이 정리되지 않았다.

'만약에 오판을 했더라면······.'

23.
철저한 역할 수행이
손해를

* 창원지방

1990년의 어느 날, 하곡수매의 예비 점검원 안 씨가 출하 예정자인 김 씨의 맥주보리 62대를 점검해 본 결과, 농사를 잘 지어서 틀림없이 1등을 받을 가능성이 있는 보리인데 수분을 계측해 보니 0.3%가 초과되었다.

"건조만 잘하면 틀림없이 1등을 받을 수 있는데…….."

안 씨가 재건조하기를 권했으나, 김 씨는 그럴 의향이 없었다.

"0.3% 정도는 허용되지 않겠습니까?"

"그렇지만 1등을 보장받을 수는 없어요. 0.3% 이하라면 몰라도…….."

결국 김 씨는 안 씨의 끈질긴 설득에 마음을 돌려서 보리 포대를 경운기에 싣고 도로변으로 나가서 보리 62포대를 모두 해장하여 널었다. 그런데 이게 웬일인가. 갑자기 소나기가 내려서 보리를 몽땅 비를 맞히고 말았다.

해가 저물 때까지 비가 그치지 않아서 그대로 덮어 두었다가 이튿날 건조하여 검사를 받은 결과, 색이 노랗게 변하여 62포대 모두 일반 대맥 1등으로 판정받았다.

안 씨는 얼굴이 사색이 되어서 검사원에게 매달렸다.

"예비검사를 철저히 하다가 주민에게 큰 손해를 끼쳤습니다. 제발 손해를 덜 보게 해 주십시오."

그런데 검사원은 냉정했다.

"저 보고 어쩌란 말입니까?"

24.
하필이면
왜 내 포대에서
견본을 빼?

* 거제지방

신 씨는 농사의 작황이 좋지 않아서 추곡수매에서 잘하면 2등은 받을 수 있을 거라고 생각하였다. 혹시 운이 좋으면 1등도 나올 수 있겠지만, 그것은 농사짓는 사람들의 공통적인 바람일 뿐이었다.

마침 집에는 희미하게 소인이 된 1등 등급이 찍힌 헌 포장재 3포대가 있어서 거기에 벼를 담아서 수매장에 출하하였다. 아니나 다를까. 검사원이 2등 판정을 하고 지나갔다. 신 씨는 재빨리 포대를 1등 증인이 찍힌 쪽으로 바꾸어 놓았다. 마음은 불안했으나 '잘되겠지…….'하고 애써 태연한 척하였다.

그런데 검사를 마친 검사원이 견본을 채취하는데, 하필이면 그 포대에서 채취하는 것이 아닌가. 검사원은 한참 고개를 갸우뚱거리다가 뒤쪽으로 가서 2등 표시를 발견하고는 홍 씨를 불렀다.

"왜 이런 짓을 합니까?"

"잘못했습니다, 제발 용서해 주십시오."

홍 씨는 지금도 수매 때만 되면 그 당시가 회상되어서 얼굴을 들지 못한다.

25.
같은 벼가
왜 1등, 2등이냐?

* 거제지방

농민이 말하기를 "왜 똑같은 벼인데 왜 등급이 다르냐?"고 물으니, 옆에 있던 농민이 하는 말.

"여자의 몸에서는 딸도 낳고 아들도 낳는데, 같은 벼라도 1등과 2등이 나오지 않겠습니까?"

26.
아유,
기분 좋아!

경기지방

검사원 : 지금부터 검사를 하겠습니다. 이 벼의 주인은 누구십니까?

출하자(여자) : 제 것입니다. 잘 좀 해 주시오.

검사원 : 예, 알겠습니다.

검사원이 벼 포대의 위, 아래, 중간까지 색대로 찔러 검사한다.

출하자(여자) : 잘해 달라니까, 뭘 그렇게 자주 쑤십니 까?

증인 날인자(면직원) : 잘해 드리려고 상하좌우를 열심히 쑤시지 않소?

검사원 : 1등입니다.

출하자(여자) : 아유, 기분 좋아!

27.
검사원
괴롭히지 마!

* 청양지방

수검 농민이 검사원의 등급 결정에 대하여 불만을 말하자, 그의 옆에서 듣고 있던 한 농민이 검사원을 괴롭히지 말라고 하였다.

"같은 벼인데 오전에 출하한 벼는 1등이고, 오후에 출하한 벼는 2등으로 왜 등급이 다른가?"

"왜 오전에 출하시키지 오후에 내 가지고 검사원을 속 썩이지?"

"똑같은 벼인데 둑 위쪽에서는 1등이고, 둑 아래쪽에서는 왜 2등입니까?"

"왜 둑 위에다 다 쌓을 일이지, 둑 아래에 쌓아 놓고 검사원을 괴롭히지?"

열째마당

농민의 노래

민요로서의 형체로 가다듬어지지 못한 황성(歡聲)을 민요의 원형이라고 한다.

이 원형에 음악적 문학적 요소를 함께 갖추어 여러 사람의 공감을 얻어

오르내릴 때 비로소 민요가 탄생된다.

여기에 수록한 8편의 민요는 민요로서의 요소를 갖추었는지는 모르나,

이번의 자료 수집에 새로 찾아진 민요로 믿고,

농민의 한이 담긴 애끓는 소리를 다시 한 번 읽어 보고 싶어 여기에 수록했다.

1. 시집살이

* 울주지방

시집을 못 살고 가라면 갔지
양궐련 술 안 먹곤 내 못 살고

시아버지 죽으라고 축수했더니
구들 자리 떨어지니 생각만 나고

시어머니 죽으라고 불공했더니
보리방아 물 붜 놓고 생각나고

서방님 데베지라고 칠성단 모았더니
이부자리 베개 보니 눈물 난다.

어촌 시집 좋다고 시집갔더니만
고기 반뎅이 비린내 나서 내 못 살고

촌 시집 좋다고 갔더이마는
똥물 단지 꾸렁내 나서 내 못 살고

하이칼라 신랑 좋다고 붙어 갔더니
구두 발길 옆구리 차서 내 못 살고

노름쟁이 신랑 좋다고 붙어 갔더니
밤낮 주야 돈 꾸러 가서 내 몸서리난다

2. 나물 가세

* 대구지방

나물 가세, 나물 가세

불탄 공산에 나물 가세

올라가매 올 고사리

니러가미 늦고사리

줌줌이 꺾어 놓고

키 크고 허울 좋다

빛나는 참나물에

한 보빠리 꺾어 서주

참나물랑 웃짐치구

한 보따리 하였구나

이후야~

오르막 내리막

어서 가자

3. 님아, 님아

* 김천지방

소천강 심어진 낭게
늘어진 가지 그네를 메여

내가 뛰면 님이 밀고요
님이 뛰면 내가 민다
님아, 님아, 줄 매지 마라
줄 떨어지면 정 떨어진다

서산에 뜬 기럭은 포수야 잡지마는
요내 맘 달 뜬 것은 좋다 잡을 수가 없구나

나비야, 청산을 가자
호랑나비야, 너도 가자
가다가 날 저물면
꽃 속에서 자고나 가게
꽃이사 곱다마는 그 꽃 이름을 짓고 가네
꺾으면 유정할까 못 꺾으면 단절하지

4. 총각 처녀

* 의성지방

[나무하러 가는 총각]

꽃은 꽃이구마는
호박꽃이로구나
저 건네 꽃은 함박꽃이라
새 솥에 고구마나 한 솥 삶아 보세

[나물 캐는 처녀의 대꾸]

새 솥에 퇴짜 맞는다
너그 어마이 헌 솥에나 삶아 무라

5. 부녀 아라리

* 평창지방

형님, 형님, 사촌 형님
시집살이 어떱디까

애야, 애야, 그 말 마라
시집살이 석삼년이
고추 당초 더 맵더라

시집살이 좋다더니만
말끝마다 눈물이로다

삼단 같은 이내 몸이
시집살이 석삼년에
비수리 춤에 견주더라

분길 같던 이내 손은
북두 갈구리 닮았더라

행주치마 긴긴 폭이
눈물 닦다 다 나가네

열여섯 살 먹어서 없는 집에
남의 사랑 구석에 시집가서
만고풍상 다 겪고서 백발이 됐네

내 살아온 일을 어느 누가 아나
하나님이나 땅이나 알지, 알 사람이 있나

영감인지 곶감인지 중풍 들어서
팔 년 동안을 맨손으로 대소변 가리고

남의 일 다니면 점심참엔 쉬는데
영감 밥 갖다 주고 되돌아오면
일꾼들은 두어 고랑씩 앞서 김을 매고

천둥지둥 다니면서 이 일 저 일 안 가리고
낮과 밤이 모르게 살다가 보니
이날 입때 백발이 되도록 다 살아왔네

내 칠자나 내 팔자나 이 모양새로
이날 입때 살면서 아들 딸 돈도 못 벌어 주고
요 꼴 요 모양으로 산 생각을 하면
눈앞이 캄캄해요

이제야 우리 아들 결혼하면
이제는 내가 죽어도 원한이 없네

물 골 앞개울 시냇물은 사시장철 흐르고
옛 조상 옛 시조도 변함이 없구나

못하는 소리를 하려고 하니
오장육부가 벌벌 떨려서 나 못 살겠네

6. 환갑

* 거창지방

백년소자 내 아들아 동방하 내 미늘아

요조숙녀 내 딸 아가 말년유전 내 손자야

백년사랑 내 사우야 임시 사랑 외손자야

내 말 한마디 들어 봐라

살기 싫은 시집살이 살고 나니

또한 시집 남았더라

자식의 시집이 남았더라

이 시십 저 시집 다 살고 나니

오늘날이 내 날인가 열두 폭 체활 밑에

두치아 병풍 둘러치고 놋진도아 놓고

소주 약주 가득 부어 자부시수 자부시수

이 해가 지도록 놀다가소

이 밤이 새도록 놀다가소

이카다 저카다 나 죽어지면

어느 친구가 날 찾겠소

7. 모심기

* 거창지방

물고 철철 실어 놓고 주인할양 어데 갔노
무네전복 손에 들고 처부 집에 놀러 갔네
무슨 첩이 대단해서 낮에 가고 밤에 가노
낮으로는 놀러 가고 밤으로는 자러 가고
처부년을 죽기 잡고 칼일랑은 품에 품고
헌배 헌배 가노라니 제비 같이 날쌘 년이
나플나플 절을 하며 큰어머님 오시는데
무엇으로 대접할꼬 어미 먹던 소주 약주
그것으로 대접할까 여자 눈이 조만할 때
남자 눈이 어련하랴

8. 농촌의 한

* ○○지방

기차는 가고 똥개만 남아 운다

기차는 가고 식은 팥죽만 남아 식는다

기차는 가고 시커멓게 고개를 넘는

깜부기, 깜부기의 대갈통만 남아 벗겨진다

기차는 가는데 빈 지게꾼만 어슬렁거리고

기차는 가는데 잘 배운 놈들은 떠나가는데

못 배운 누이들만 남아 샘물을 긷는데

기차는 가고 아아 기차는 영영 사라져 버리고

생솔가지 저녁연기만 허물어진 굴뚝을 뚫고 오르고

술에 취한 홀아비만 육이오의 과부를 어루만지고

농약을 마시고 머슴이 홀로 죽는다

인정 많은 형님들만 곰보딱지처럼 남아

할아버지, 아버지, 어머니 무덤을 지키며

거머리 우글거린 논바닥에 꼿꼿이 서 있다

행촌과
더불어 사는 노년

– 박경순 문필가

행촌과
더불어 사는 노년

박 경 순 문필가

행촌 선생은 준비된 노년을 살고 있다. 육체는 70대의 노인이면서 정신은 20대의 젊은이 같고, 행동은 50대의 장년층 같다.

그는 60대에 공직에서 정년으로 퇴직한 것을 기회로 새로운 인생의 길을 개척하고 있다. 성년퇴식자들이 흔히 겪는 경제적 고통과 신체적 황혼과 견디기 어려운 고독 따위를, 그는 모른다. 나이를 먹어도 식을 줄 모르는 열정이 있고, 할 일이 있고, 바빠서 마음껏 휴식할 시간적 여유가 없다.

많은 정년 퇴직자들은 과거 직장에서의 일에 관계되는 육체적 · 심리적 고통으로부터 해방되면서 자유로운 휴식을 원하지만, 그 휴식에는 고통이 따른다. 할 일도 없고, 바쁜 일도 없이 자유롭게 휴식하려는 것은 휴식이 아니라 곧 고독을 자초하는 고통이라는 것을 뼈아프게 체험하게 된다.

그런 사람들과는 다르게 그가 준비된 노년을 사는 것은 평소에 자신의 노년을 대비하여 자기의 취향과 전공에 관한 여러 방면의 귀중한 자료를 방대하게 수집해 놓은 결과이다. 서가에는 수천 권의 책을 비롯하여 평생을 통하여 읽고 정리하여도 남을 많은 자료들이 쌓여 있다고 한다. 얼마나 철저하게 노년을 대비한 것인가.

그 여러 자료 중에서 올해에는 전국 각지에서 다년간 수집한 농민의 해학과 애환에 관한 자료를 나와 함께 정리하기로 하였다. 수집한 자료는 A4용지에 10~12P로 인쇄한 1,000여 매의 많은 분량이었다. 200자 원고지로 4,000~5,000매의 방대한 분량이어서 '70대의 건강으로 그것을 읽고 소화하여 잘 정리할 수 있을까?' 하는 심적 부담도 있었으나 무엇인가 할 일을 찾아서 바쁘게 일하고 싶은 일념으로 함께 일을 하는 데 동의하였다.

농촌 태생인 행촌 선생은, 그 자료를 이미 읽고 자료의 질을 A · B · C 의 3등급으로 분류해 놓은 상태였다. 그런데 자료의 가치나 자료 보급의 타당성을 자신의 주관적인 판단만으로 속단하지 않고 나의 객관적인 판단을 듣고자 했다.

나는 그 자료를 한 번 통독하는 데도 여러 날이 걸렸다. 인쇄가 선명한 것은 속독이 가능하지만, 흐릿하게 흔적만 남아 있는 복사본을 읽는 데 시간이 많이 걸리기도 하거니와 그 내용을 알아볼 수 없는 것도 있었다. 복사기가 처음 보급되었을 때에 복사한 것은 복사의 질이 떨어져서 더욱 그러하였다.

그렇지만 많은 자료는 독자에게 감동을 줄 수 있는 것들이었다. 자연과 더불어 살아가는 농민들의 해학과 애환이 가식 없이 있는 그대로의 모습으로 드러나 있어서 시간 가는 줄 모르고 재미있게 읽었다. 배꼽 빠지게 웃기는 자료가 있는가 하면, 눈물 없이는 볼 수 없는 자료도 있었다.

흙과 더불어 때 묻지 않고 고지식하게 살아가는 농민, 농기계로 평생의 장애가 된 한 많은 농민, 농산물 공판장에서의 해학과 애환, 〈부녀 아라리〉 등등 농촌의 과거와 현재의 애환이 눈앞에 선하게 전개되었다. 다음에 그 몇 가지 사례를 들어 본다.

그 심상(心想), 천심(天心)이지!
* 남해지방

시장의 작은 모퉁이에서 할머니 한 분이 여러 가지 채소를 팔고 있었다. 마침 아주머니 한 분이 봄 냄새가 물씬 나는 쑥과 시금지와 상추를 골랐다. 그리고 각각 1,000원씩 쳐서 값을 치르는데, 상추 값은 1,000원이 아니라 800원이라며 200원을 거슬러 주었다.

분명 상추는 양도 많았고 품질도 신선하였다. 그런데 왜 할머니는 200원을 거슬러 주는 것일까?

"실은 그 상추를 1,000원에 팔고 싶은 생각도 있었지만 양심상 그럴 수는 없다우. 다른 채소보다 싸게 사 왔거든……."

농민의 매력은 고지식한 데 있다. 흙과 더불어 살면서 콩 심은 데 콩 나고, 팥 심은 데 팥 나는 자연의 순리를 좇아서 사는 것이 농민이다. 싸게 사 온 채소는 싸게 팔고, 비싸게 사 온 채소는 비싸게 팔아야 마음이 놓인다.

요즘의 농민은 셈할 줄을 몰라서 2,500원 하는 수수비를 3자루 파는데, 1만 원에 팔면 손해 보는 줄로 알았던 지난날의 어느 어수룩한 농민이 아니다. 셈을 정확히 하면서 적정한 이익만 얻는다.

그렇듯 농민의 마음은 순수하기에 많은 사람들은 농민이 하는 말이나 행동을 믿는다. 세속에 물들지 않은 것은 어느 면으로는 천치처럼 어리석게 보일지 모르나, 그 천진무구함으로 농촌의 훈훈한 인심과 정이 끈끈하게 이어진다.

상추를 1,000원에 팔고 싶지만 양심상 그럴 수 없다는 그 마음은 곧 순진하기 이를 데 없는 농심이다.

부부가 경운기에 손가락 잘리는 운명인가?

* 순창지방

최 씨는 농촌의 가난한 집안에서 태어나 오로지 잘 살아 보려는 일념으로 열심히 농사를 지었다. 농토가 비좁아서 농사만으로는 생계를 불려 나갈 수 없자, 경운기를 구입하여 남의 집의 논갈이를 하고, 탈곡도 하며, 곡식을 운반하는 등 억척스럽게 품삯 일을 하였다.

그래서 최씨는 경운기 운전이라면 눈을 감고도 할 수 있을 만치 능숙하였다. 마을 사람들은 최 씨가 경운기를 잘 부리기 때문에 경운기를 부릴 일거리가 생기면 다른 사람을 제쳐 두고 최 씨에게 부탁하였다.

어느 날 최 씨는 여느 때처럼 경운기의 시동을 걸었다. 그런데 이게 웬일인가. 왼손 인지와 중지가 벨트에 끼어서 잘리고 말았다. 순간의 방심이 평생의 불구를 만든 것이다.

최 씨가 경운기를 운전할 수 없게 되자, 부인이 남편을 대신해서 경운기를 운전하였다. 남의 집 논갈이도 하고 탈곡도 하면서 억척스럽게 일을 하였다.

그런데 이게 또 웬일인가. 어느 날 부인마저 남편과 똑같이 경운기에 두 손가락을 잃었다. 착하게 열심히 일하며 산 죄밖에는 없는데……. 하늘도 무심하였다며 원망도 했다.

오늘도 부부는 서로 잘린 손가락을 쳐다보면서 남은 손가락으로 경운기를 운전하고 있다.

농촌의 기계화는 절대적으로 농촌의 노동 인력이 부족한 현실에서, 농촌을 살리는 유일한 방법이다. 품앗이나 두레로 모를 심고 김을 매며 갈걷이를 하던 시대는 지나간 세월의 추억담이 되었다. 고령화된 농촌에서는 농기계의 힘을 빌리지 않고는 농사일은 엄두도 못 낸다.

한 대의 경운기는 소 10마리가 쟁기질하는 일을 거뜬히 해낸다. 한 대의 이앙기는 20명이 하는 일을 하고, 한 대의 트랙터는 50~60명이 하는 일을 한다.

조용했던 농촌은 경운기의 굉음으로 날이 밝고, 트랙터의 서치라이트가 어두운 마을길을 밝히며 집으로 돌아온다. 농촌의 기계화가 농촌의 모습을 바꾸어 놓고 있다. 웬만한 집은 한두 대의 농기계를 갖추어 놓고 편리하게 농사를 지으면서 수입을 높이고 있다.

그런데 한편으로는 농기계의 피해가 만만치 않다. 경운기를 타고 장보러 가던 마을 사람들이 교통사고로 줄초상이 나는가 하면, 평생의 불구가 되는 일이 비일비재하다. 농기계를 운전하는 기본 기능도 없이 어깨 너머로 배운 상식만으로 일에 욕심을 내다가 그만 손가락이 잘린 부부의 경우처럼, 농기계로 인한 사고는 예고된 사고이다.

농기계는 자격증이 있어야 운전하는 것이 아니고, 자전거를 타듯 기계만 있으면 누구나 운전하는 것이어서 사고율은 그만치 높다.

어느 농민이 음주 운전에 적발된 고급 승용차의 운전자를 보고 "경운기의 운전은 음주 운전에 걸리지 않는다."고 비아냥거렸다. 그 말은 승용차의 음주 운전자를 직접 겨냥한 말이지만, 한편으로는 단속에 걸리지 않는 경운기의 운전이 더 위험하다는 것을 뜻한다.

농민들은 마음 놓고 농기계를 운전할 수 있는 기술 교육과 보험제도를 희망하고 있다.

검사원 괴롭히지 마!

* 청양지방

수검 농민이 검사원의 등급 결정에 대하여 불만을 말하자, 그의 옆에서 듣고 있던 한 농민이 검사원을 괴롭히지 말라고 하였다.

"같은 벼인데 오전에 출하한 벼는 1등이고, 오후에 출하한 벼는 2등으로 왜 등급이 다른가?"

"왜 오전에 출하시키지 오후에 내 가지고 검사원을 속 썩이지?"

"똑같은 벼인데 둑 위쪽에서는 1등이고, 둑 아래쪽에서는 왜 2등입니까?"

"왜 둑 위에다 다 쌓을 일이지, 둑 아래에 쌓아 놓고 검사원을 괴롭히지?"

일 년 농사의 수지타산을 맞추는 것은 수매장에서 어떤 등급을 맞는가에 따라서 결정된다고 해도 과언이 아니다. 모두 1등급을 받으면 농사를 잘 지은 것이고, 등외를 받으면 헛농사를 지은 것이다.

그래서 검사원과 수검 농민과는 날카로운 신경전이 벌어지는데, 검사원은 '귀신같은 검사원'으로 인정을 받아야 떳떳하게 검사를 할 수 있고, 수검 농민은 받은 등급에 불만이 없어야 무난하게 검사가 이루어진다. 그런데 검사는 검사원의 감각으로 하는 경우가 많아서 때로는 검사원을 곤경에 빠지게도 한다.

한 공판장에서의 일이다. 70세의 할머니가 혼자서 어렵게 농사를 지어 추곡 수매에 배정받은 벼 12포대를 공판장에 출하하였는데, 건조 불량으로 수분재조를 받자 할머니는 벼 포대에 털썩 주저앉으며 눈물을 주르르 흘렸다.

"검사원 양반, 이 나락을 어쩌란 말이오! 자식들은 도시로 떠나고 이 늙은이 혼자서……."

애절한 할머니의 한탄이 검사원의 눈시울을 적셨다. 검사원은 주위 사람들의 도움을 받아 당일에 건조하여 합격 처리하였는데, 그런 일은 농촌이 고령화되면서 자주 일어나는 일이다.

그밖에도 농민들의 피와 땀으로 가꾼 농작물이 어느 날 갑자기 해일이나 우박 피해 등으로 좋은 등급을 받지 못해 시름에 잠긴 농민들을 대하는 검사원의 마음은 편치 않다. 검사원은 좋은 등급을 주어야 마음이 편하고 수검 농민은 농사짓는 맛이 난다.

그런데 쌀이 남아돌고 수매가가 낮은 현실에서는 좋은 등급을 받아도 농민들의 마음은 편하지 않고, 앞날을 살아갈 걱정이 태산 같다. 부가 가치가 높은 농업에 대해 "기능 농업이다. 벤처 농업이다."라고 말들 하지만, 그게 어찌 누구나 할 수 있는 손쉬운 일인가. 그렇지만 그렇게 하지 않으면 살아날 수 없는 현실을 어찌 외면할 수 있겠는가.

부녀 아라리
* 평창지방

형님, 형님, 사촌 형님 / 시집살이 어떱디까.
애야, 애야, 그 말 마라 / 시집살이 석삼년이 / 고추 당초 더 맵더라.
시집살이 좋다더니만 / 말끝마다 눈물이도다.

삼단 같은 이내 몸이 / 시집살이 석삼년에 / 비수리 춤에 견주더라.
분길 같던 이내 손은 / 북두 갈구리 닮았더라.
행주치마 긴긴 폭이 / 눈물 닦다 다 나가네.

열여섯 살 먹어서 없는 집에 / 남의 사랑 구석에 시집가서 / 만고풍상 다 겪고서 백발이 됐네.
내 살아온 일을 어느 누가 아나 / 하나님이나 땅이나 알지, 알 사람이 있나.

영감인지 곶감인지 중풍 들어서 / 팔 년 동안을 맨손으로 대소변 가리고
남의 일 다니면 점심참엔 쉬는데 / 영감 밥 갖다 주고 되돌아오면 / 일꾼들은 두어 고랑씩 앞서 김을 매고

천둥지둥 다니면서 이 일 저 일 안 가리고 / 낮과 밤이 모르게 살다가 보니 / 이날 입때 백발이 되도록 다 살아왔네.

내 칠자나 내 팔자나 이 모양새로 / 이날 입때 살면서 아늘 딸 논도 못 벌어 주고 / 요 꼴 요 모양으로 산 생각을 하면 / 눈앞이 캄캄해요.
이제야 우리 아들 결혼하면 / 이제는 내가 죽어도 원한이 없네.

물 골 앞개울 시냇물은 사시장철 흐르고 / 옛 조상 옛 시조도 변함이 없구나.
못하는 소리를 하려고 하니 / 오장육부가 벌벌 떨려서 나 못 살겠네.

농촌 여인의 생활은 고달프다. 집안 일만 도맡아 하면 무엇이 어렵겠는가. 밭일, 논일 가릴 것 없고, 지게질, 쟁기질 못하는 것이 없다. 농기계를 손수 운전하는 것은 기본이다. 농기계로 모내기를 하고 농

약을 뿌리며 추수를 하여 공판장에 운반하는 농사의 전 과정을 남자들 뺨치게 잘한다.

여인들이 일하는 자리엔 노래와 춤이 빠지지 않는다. 뼈마디가 휘도록 중노동을 하면서도 쉴 참엔 흥겨운 가락이 흐르고…. 신명나게 춤을 추면서 서로 어울린다.

이제는 삼종지도에 얽매어서 집안에서 숨죽이고 살아온 지난날의 여인이 아니다. 어려서 시집와서 고추보다 맵고 북풍한설보다 매섭게 시집살이한 한 많은 사연들은 옛이야기가 되었다. 당당하게 자기의 위치와 역할을 지키면서 집안을 살리고 아울러 농촌을 살리고 있다.

요즘 농촌에서는 한 많은 〈부녀 아라리〉는 쉴 참에 흥을 돋구는 가락이 된 반면에 짝을 얻지 못해 애태우는 노총각의 문제가 부녀 아라리를 대신하고 있다.

"마누라인지 부인인지 얻으려고 / 산 넘고 바다 건너 영변 땅에서……."

오죽하면 이국땅에 가서 배필을 구하려 하겠는가. 얼마나 간절했으면 선보러 갈 때 배냇저고리를 몸에 지니고 가겠는가.

세상은 돌고 돈다고 하지만, 요즘 농촌의 실상이 이렇게 변할 것을 나이 많은 농민들은 짐작이나 했겠는가. 그러나 크게 실망할 일은 아니다. 혼기가 늦어서 그렇지, 언젠가는 노총각의 신세를 면하게 된다. 농토가 있는 곳에 농민이 있듯이 노총각이 있으면 그 배필이 어딘가에 있는 것이다.

행촌 선생과 나는 농민의 과거와 현재의 많은 자료를 해학과 애환으로 대분류하고, 그를 다시 유사한 내용별로 소분류를 하였다. 그리고 자료를 취사선택하여 미진한 자료는 보완하고, 소재는 좋은데 표현이 부족한 것은 소재가 드러나도록 각색을 하는 등 충분한 시간을 두고 정리하기로 하였다.

서두른다고 될 일이 아니었다. 농민의 정과 한을 담은 귀중한 자료가 충분히 그 진가를 발휘하도록 하려면 자연스럽게 우리가 만날 기회는 잦아지게 되고, 도서관을 찾거나 때로는 자료의 현장을 답사하는 경우도 생기게 되므로 많은 시간이 필요하게 될 것이다.

우리가 정리한 자료가 한 권의 책으로 출판될 날이 언제일지는 기약하기 어렵다. 그날이 올해가 될지 내년이 될지는 모르지만, 연로문사진(年老文思進: 연로하면 문장 속에 담긴 사상이 깊어짐)하는 일념으로 자료의 자구(字句) 하나에 이르기까지 정성을 쏟을 것이다. 70대의 노년에 이런 보람 있는 일거리가 있는 것은 곧 삶의 보람이다.

나는 행촌 선생과 더불어 농민의 해학과 애환을 정리하면서 농민이 고지식하게 소욕지족(小慾知足: 작은 욕심을 알아서 머무르다) 하는 그 심성을 가꾸고 있다.